U0134043

21世纪高等学校美术与设计专业规划教材

现代广告摄影

主　编：张　雄

副主编：王　彬　邝卫国

湖 南 人 民 出 版 社

21 世纪高等学校美术与设计专业规划教材编委会

《现代广告摄影》编委会

总　序

湖南人民出版社经过精心策划，组织全国一批高等学校的中青年骨干教师，编写了这套21世纪高等学校美术与设计类专业规划教材。该规划教材是高等学校美术专业（如美术学、艺术设计、工业造型等）及相关专业（如建筑学、城市规划、园林设计等）基础课与专业课教材。

由于我与该规划教材的诸多作者有工作上的联系，他们盛情邀请我为该规划教材写一个序，因此，对该规划教材第一期开发的教材我有幸先睹为快。伴着浓浓的墨香，读过书稿之后，掩卷沉思，规划教材的鲜明特色便在我脑海中清晰起来。

具有优秀的作者队伍。规划教材设有编委会和审定委员会，由全国著名画家、设计家、教育家、出版家组成，具有权威性和公信力。规划教材主编蒋烨、刘永健是我国知名的中青年画家和艺术教育工作者，在当代中国画坛和艺术教育领域，具有忠厚淳朴的人格魅力和令人折服的艺术感染力。规划教材各分册主编和编写者大都由全国高等学校教学一线的中青年教授、副教授组成。他们大都来自全国著名的美术院校及其他高等学校的艺术院系，具有广泛的代表性。他们思想开放，精力充沛，功底扎实，技艺精湛，是一个专业和人文素养都很高的优秀群体。

具有全新的编写理念。在编写过程中，作者自始至终树立了两个与平时编写教材不同的理念：一是树立了全新的"教材"观。他们认为教材既不仅仅是知识体系的浓缩与再现，也不仅仅是学生被动接受的对象和内容，而是引导学生认识发展、生活学习、人格构建的一种范例，是教师与学生沟通的桥梁。教材质量的优劣，对学生学习美术与设计的兴趣、审美趣味、创新能力和个性品质存在着直接的影响。教材的编写，应力求向学生提供美术与设计学习的方法，展示丰富的具有审美价值的图像世界，提高他们的学习兴趣和欣赏水平。二是树立了全新的"系列教材"观。他们认为，现代的美术与设计类教材，有多种多样的呈现方式，例如教科书教材、视听教材、现实教材（将周围的自然环境和社会现实转化而成的教材）、电子教材等，因此，美术与设计教材绝不仅仅限于教科书。这也是这套规划教材一直追求的一个目标。

具有上乘的书稿质量。规划教材是在提取、整合现有相关教材、专著、画册、论文，以及教学改革成果的基础之上，针对新时期高等学校美术与设计类专业的教学特点和要求编写而成的。旨在：力求体现我国美术与设计教育的培养目标，体现时代性、基础性和选择性，满足学生发展的需求；力求在教材中让学生能较广泛地接触中外优秀美术与设计作品，拓宽美术和设计视野，尊重世界多元文化，探索人文内涵，提高鉴别和判断能力；力求注重培养学生的独立精神，倡导自主学习、研究性学习和合作学习，引导学生主动探究艺术的本质、特性和文化内涵；力求引导学生逐步形成敏锐的洞察力和乐于探究的精神，鼓励想象、创造和勇于实践，用美术与设计及其他学科相联系的方法表达与交流自己的思想和情感，培养解决问题的能力；力求把握美术与设计专业学习的特点，提倡使用表现性评价、成长记录评价等质性评价的方式，强调培养学生自我评价的能力，帮助学生学会判断自己学习美术与设计的学习态度、方法与成果，确定自己的发展方向。

具有一流的装帧设计。为了充分发挥规划教材本身的美育作用，规划教材编写者与出版者一道，不论从内容的编排，还是到作品的遴选；无论从封面的设计，还是到版式的确立；无论从开本纸张的运用，还是到印刷厂家的安排，都力求达到一流水准，使规划教材内容的美与形式的美有机结合起来，力争把全方位的美传达给广大读者。

美术与设计教育是人类重要的文化教育活动，是学校艺术教育的重要组成部分。唐代画论家张彦远曾有"夫画者，成教化，助人伦，穷神变，测幽微，与六籍同功，四时并运"的著名论断，这充分表明古人早已认识到绘画对人的发展存在着很大影响。歌德在读到佳作时曾说过这样一句话："精神有一个特征，就是对精神起到推动作用。"我企盼这套规划教材的出版，能为实现我国高等学校美术与设计专业教育的培养目标产生积极的推动作用；能为构建我国高等学校美术与设计专业科学和完美的课程体系产生一定的影响。

朱辉
二〇〇六年夏日

序

广告摄影作为摄影艺术中极其重要的领域之一，历史并不久。20 世纪 20 年代以来，广告摄影随着商业经济的迅猛发展和科学技术的不断进步而逐步发展起来。进入21世纪，现代数字技术全面进入广告摄影领域，使广告摄影艺术进入更加多元的表现时代。

广告摄影广泛用于商品包装、海报招贴、时装展览、报纸杂志和网络广告等商业领域。它是一门集摄影技术、平面视觉设计、广告学等于一身的综合学科，具有广阔的知识面和很强的实用性。

本书共分为五个部分，系统讲述了广告摄影的定义、特性、发展历程，广告摄影与艺术摄影的区别，广告摄影在媒介上的应用分类与特点，广告摄影的作业流程，及广告摄影师的知识结构与职业特征以及专业器材设备，重点分析了广告摄影的用光技巧和各类题材的拍摄技法与实践，对广告摄影创意与表现方法也作了精辟的阐述。本书文字精练、语言简洁，通俗易懂，重点突出作品的视觉感受。书中收录了国内外部分名家、专业摄影师，国内高等院校摄影专业多位教师以及部分优秀的学生作品，注重实用性、艺术性、多元性以及丰富性。本教材可供高等院校艺术相关专业的学生和广大摄影爱好者学习之用，也可供专业摄影人士作参考之用。

感谢中南大学蒋烨博士、湖南人民出版社龙仕林先生，他们为本书的出版付出了艰辛的劳动；感谢各地院校同仁、专业摄影师的热情支持和大力帮助，他们无私提供的诸多图片，充实了本书的内容。由于时间仓促，笔者学识有限，书中难免存在错误与不妥之处，恳请专家、同仁予以批评指正。

编　者
2009 年 10 月

目　录

第一部分

广告摄影概述

DESIGN

ART

一、广告摄影的定义

广告摄影是以商品为主要拍摄对象的摄影，通过反映商品的形状、结构、性能、色彩和用途等特点，从而引起顾客的购买欲望。广告摄影是传播商品信息、促进商品流通的重要手段。随着商品经济的不断发展，广告摄影已被广泛用于商品包装、海报招贴、时装展览、报纸杂志和网络上的商品广告等。在当今的平面广告设计中，绝大部分的图像都采用了摄影的形式。

广告究其本质，是一种商业化的传播方式。广告摄影作为广告传播的一个重要手段和媒体，它以传播广告信息、追求传播效果，即推销产品或观念为主要目的，是一种高度商业化的艺术形式。

二、广告摄影的缘起与发展

广告摄影作为摄影艺术中极其重要的领域之一，历史并不久。在摄影术诞生以前，或者从严格意义上来讲，是在摄影可以通过精良的印刷术传播以前，广告传播领域的竞争一直仅是绘画与文字之间的竞争。在摄影发明以后的50年期间，摄影术还难以进入广告领域，主要是因为摄影复制技术还没有取得令人满意的质量，难以在更为广阔的空间里传递图像的信息。再加上成本昂贵，一般广告商还不能承受。广告摄影的成形主要是在20世纪，其形态是随着印刷媒介的制版技术发展而不断趋于完善的。

20世纪20年代以来，随着商业经济的迅猛发展，人们逐渐意识到精美的图片在广告营销中的作用，广告摄影也得到了惊人的发展。

20世纪20年代，广告摄影逐渐由艺术摄影转向商业摄影，受限于当时的技术条件，主要追求真实性和清晰性。第一次世界大战后，全球经济复苏，广告费用逐渐增长，并出现了印刷精美的广告宣传册，摄影成为一种专业的职业，技术、创意和器材都在不断前进发展中。

第二次世界大战爆发以后，战争打破了所有的一切，造成了物

商业广告

资的紧张。商业营销失去了存在的价值，摄影着重于新闻纪实，强调直接冲击力。

20世纪50年代，世界经济处于恢复发展时期，彩色摄影逐渐完善，电子闪光灯等新器材的出现，为现代广告摄影注入了新的活力。广告摄影不断在追求突破，追求形式和题材的灵活，追求个性和幽默。

20世纪80年代，世界经济大步发展，广告摄影得到了空前的发展，专业开始细分，涌现了大批专业的广告摄影师。市场也顺应潮流，出现了可租用的广告摄影棚和摄影器材。

20世纪90年代，计算机的出现，大大丰富了人们的生活。以往将照片冲洗后再扫描输入电脑十分烦琐，图像获取的质量也不高。随着数码技术的普及和发展，广告摄影步入了全新的数码时代。专业的广告器材商不断研发出价格更低廉，成像质量更高，使用更便捷的数码摄影器材。越来越多的摄影师进入数码摄影的新领域，运用数码技术，更好地表达广告内容。

进入21世纪，随着数码

张静 摄

技术的快速推进，数码产品的更新换代加快，价格在逐渐下调；高像素的数码后背和中画幅专业数码相机正在逐步取代胶片在广告摄影中的使用，成为广告摄影行业广泛应用的理想工具。数码科技的成果为广告摄影带来了一个快捷、经济、环保的创作平台，启动了无限的创意空间，奠定了二次创作的基础，使广告摄影的创作与制作都进入了一个崭新的时期，同时也要求广告摄影师成为知识密集的复合型人才。

市场营销需要优秀的广告，广告离不开优秀的图片，广告摄影迎来了鼎盛时期。

三、广告摄影的特征

广告摄影是以传播广告信息为目的，以摄影艺术为表现手段的一门专业摄影。它既要求表现清晰、逼真的客观形象，又要求必须具有妩媚、生动的艺术效果，只有这两者的有机结合，方能达到传达视觉信息要求的目的。广告摄影这两个要求，正是它作为一门专业摄影艺术应该具备的专业性和艺术性的两个基本特征。

张静 摄

（一）专业性特征

可以传播产品构造的信息，还可以传播产品外观造型方面的信息。所以说，广告摄影所传达的信息角度应能体现该产品的最为本质的特征。广告运营的整体战略对这一要求越具体、越详细，对其特征的表现就越有的放矢，这就更有利于有效地表达商品特征。

一般来说，广告信息和拍摄主题的确定，依次是由广告客户、广告策划人员、创意总监、艺术总监和广告摄影师来决定的。决定的依据主要是广告主体本身、产品的市场调查、广告对象的意愿和广告媒体的战略等方面。广告摄影师应按照上述几个方面的要求来确定某个需要重点传达的广告信息。而对于这个需要重点传达的广告信息，又要求：

第一，对广告主体来说，这一广告信息必须是最能代表这一商品的特征、风格的。

第二，对广告市场的构成而言，广告摄影要传达的广告信息必须是最具市场竞争力的。

第三，就消费者来说，广告摄影所要传达的广告信息是他们最为关心的，也是最具吸引力的。

第四，就广告媒体来说，广告摄影在确定信息的同时，必须兼顾所选媒介的特点。

（二）艺术性特征

广告摄影以摄影艺术为表现手法，通过形象化的摄影语言符号，艺术性地达到广告的专业性要求。因此，为有效地传播广告信息，在不违反真实、准确、可信的基础上，广告摄影应当充分运用摄影的技术手段与艺术手法来增加作品的表现力。

广告摄影不同于艺术摄影，不以审美为主要功能，不以反映摄影家个人趣味、情感与思想为主旨；而是以传播广告信息为主要功能，以反映广告对象的共同意愿为主旨，这是广告摄影作为一种专业摄影的前提。

广告摄影针对的是各类商品，传达的是不同的广告信息。然而，即使是同一类广告主体，广告摄影也可以以不同的角度来传达不同的广告信息。一般来说，就商品广告而言，既可以传播商品性能方面的信息，又

　　广告摄影作品不是博物馆的艺术作品，它一般只存在于无协调性的色彩、形象、信息的大杂烩里。它所面对的消费者是匆忙的、毫无准备的、无动于衷的。这就要求广告摄影作品能够触动他们，需要从心理上加以诱惑，使其产生购买或参与的欲望。如果广告摄影采用过于直截了当的拍摄手法，容易使消费者觉得产品缺少吸引力，难以引起购买或参与的冲动。因此，面对消费者，广告摄影的拍摄特点往往侧重于写意，着重消费品的感情表达，通过构思巧妙、幽默、富有人情味的方式，让消费者不知不觉受到感染，"心甘情愿"地进入"圈套"。这种情感的力量越强大，对商品的推销作用势必也越有效。出于这样一种审美需要，在构思、拍摄过程中可以根据需要尽情夸张渲染，特别是面对一些不容易表现的商品，比如外形比较简单，或是性质、特点难以通过照片展现的商品，更应该通过各种辅助手段，充分发挥摄影艺术的特长，以努力挖掘商品的形象性为基础，配合其他可以烘托的因素，使产品广告引人入胜，达到预期的效果。这时，即使将广告摄影画面仅仅作为一幅艺术品来欣赏，也丝毫不会逊色。

　　广告摄影的专业性特征和艺术性特征，既相互独立，又相互依存。广告摄影师的创作，就是追求使这两个貌似矛盾，并且有时会相互制约的基本特征得到完美的统一，这是解决广告摄影"视觉传达信息"的根本立足点。

炊具广告

手表广告

四、广告摄影与艺术摄影的区别

广告摄影首先是摄影的一个门类，但是又与广告推销发生着密切的关系。许多人把广告摄影作品当做纯粹的艺术摄影来看待，这其实是一种错误的认识，尽管广告摄影和艺术摄影有着千丝万缕的联系，但实际上是不同的。

（一）广告摄影以传达信息为主要功能

广告摄影属于实用艺术的范畴。从现代传播功能的角度来看，广告摄影也可以称为信息传递艺术。广告摄影必须以追求实际的信息传达效果为目的，具有十分明确的市场目标和宣传目的，要求针对目标市场和目标用户而拍摄制作，注重实效性。广告摄影必须清晰、准确地传达信息，其评价标准虽然也重视思想性和艺术性，但还要考虑其他因素——经济效果和社会效果。艺术摄影则以欣赏为主要功能，是一种主要涉及审美欣赏的艺术，以获得精神上的满足为目的，以思想性与艺术性高度完美的统一作为一般的评价标准。

（二）广告摄影追求实用功利性

广告摄影的力量在于更多地吸引人们的注意力，引起人们对商品的购买欲望，其实用性相当明确。评价广告摄影的标准是整个广告推广活动终结时的结果，即广告效果，包括经济效果和社会效果。也就是说，对广告作品的评价，是根据广告在商品推销中所起的作用来进行的，始终是以市场为基础，以消费者为中心，不能以个人感受为基础。具体地说，一张广告摄影作品，不管艺术上是多么精湛，只要它缺乏"推销"的力量，在进入消费者的视觉领域后，即便能够引起足够的审美效果，如果无法刺激消费者的具体消费欲望或者激发消费者明确的参与激情，就不能算是一幅好的广告作品。而且，优秀广告作品所刺激的购买目的性是非常明确的，也就是具体到商家所指定的某类商品。比如一幅以摄影形式为传播媒体的饮料广告，不仅仅是

刘化元　摄

要消费者想到：我要买一瓶饮料，更重要的是想到：我要买画面中这种品牌的饮料。这就是评价广告摄影的最终标准。而艺术摄影是以自我为中心，以个人感受为基础，以被摄物为媒介来表达自己独特的审美效果，目的不是被摄物本身，而是艺术家自己。一张艺术作品的吸引力往往是针对少数人的，也就是所谓的"曲高和寡"。它的内涵比较模糊，观众对它的了解往往不一定和摄影家本身的意图完全一致。

（三）广告摄影具有较大约束性

从摄影者的角度来看，广告摄影的构思创意要受到被宣

传商品的广告策略制约，具有较大的局限性，特别是广告摄影构思和创作讲究定位、定向设计，在内容的表现方面，围绕广告的目的而常常有很大的规定性。但是作为艺术摄影的构思和创意，则没有这方面的约束。艺术摄影可以追求别出心裁，有较大的自由表现空间。因此，广告摄影必须努力讲究商品的个性和风格，常常将个人的风格隐藏在后面，力求以服从商品的需要为主，不然会很难达

到预定的目标。

由于广告摄影作品发布必须经过具体的媒介，其效果要受到具体媒介表现方式的制约。不管摄影广告的作品最后通过什么样的媒介发布，它都是一项综合性的集体活动（包括广告创意、美术设计、文稿写作创作过程），直接从属于销售推广活动，不可能单独存在。而且，从受众的角度出发，广告摄影要考虑到商品的不同的消费层

吴安杰 摄

张静 摄

次，或者是有针对性地针对不同层次的消费者进行创作，不然就很难达到应有的效果。

广告摄影既不同于艺术摄影（可以采用很随意的方式制作照片），也不同于新闻摄影（以最简化的方式传递信息）。它的最终目的既不是审美，也不是反映摄影者的个人情感和思想，而是以传播商品信息和广告意念为主要动机，迎合消费者情趣，达到促销的目的，具有明显的功利性。广告是商品竞争的前奏，因此，摄影师的思维和技巧必须先于或者同步于各种商业因素的变化，才能创新。在表现手法上，广告摄影比一般的艺术摄影更加需要丰富的技术和技巧。这种技术和技巧建立在如实地表现商品美感的基础上，因为商品的美感直接来自于商品本身的功能，如实地反映出商品的美，在某种程度上也就同时体现了商品的品质和功能。反过来，广告摄影要求技术和技巧的运用是尽善尽美的，因为画面上的任何微小的疏忽和失误都可能使顾客联想到商品的质量，使顾客对商品产生不信任感，从而影响商品的销售。

五、广告摄影在媒介上的应用分类与特点

广告摄影在媒介上的应用有很多，从实用的角度一般分为：招贴海报、杂志、样本目录、户外广告、售点广告（POP）、网络广告、宣传画册、报纸等等。

（一）招贴海报

现代广告发展的一个显著特点就是招贴广告的摄影化。广告画面多数由摄影与设计合作而成，其制作方式越来越先进，有印刷的，有电脑喷绘的，有电子屏幕的。这类广告多展现在人流集中的场所，如街心广场、公告广告栏、公交、地铁站等，是一种大众化的广告形式。

招贴广告摄影设计的特点：简洁、醒目、一目了然、视觉生动。在公众场所，对行人来讲，大部分是匆匆而过，看广告

招贴海报 张静 摄

happigo

sh dio,nui nydpapou ios
dfupu ig shoiuf [pfsf
jisudskl osdhfsfsiy dfi dfsigp psisdif [dfgii jdspug
gigpsu
gjdpf[i[pispm
fjg:jpsaa......

的时间是 3 秒左右。要在 3 秒之内抓住观众的视线，只有视觉生动，才能吸引人。高明的摄影师往往利用人的视觉心理，用色调、造型等形式增加"注目度"，做到"此时无声胜有声"。

（二）杂志

杂志广告专业性强，它有专门的读者群，很容易在特定的人群中产生好的广告效应。每种杂志都有其特色风格，这是由杂志的内容、读者群、发行区域、发行周期等情况所决定的，也和创办人的指导思想有关。

杂志广告摄影设计的特点：创作一定要迎合特定读者群的心理和要求，要与杂志的特色一体化，尽可能做到广告摄影风格与杂志风格的统一。

（三）样本目录

样本是商品图样的印本，或称商品目录。企业、学校、政府机构每年都要印制样本、产品目录等做宣传。样本的作用是在介绍企业的商品、社会地位、规模，产品的种类与特色、销售领域、售后服务及信

杂志

样本

样本

息交流等方面，不以营利为目的，注重建立自身的品牌形象。

样本目录广告摄影设计的特点：真实、形象、清晰、色彩真、质感强。

（四）户外广告

户外广告是指在露天或公共场所所运用的以某室外装饰手段向消费者传递信息的广告形式。户外广告媒介有柔性灯箱、户外大屏幕、热气球、车身等。

户外广告摄影设计的特点：构图简洁、主题鲜明、图像清晰。

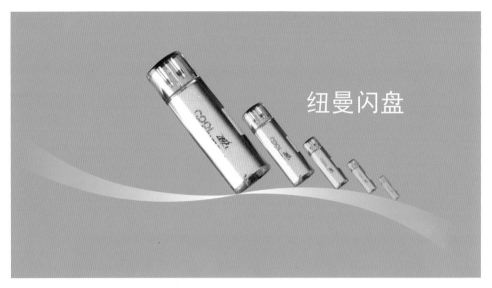

户外广告 谭琴 摄

网络广告 张静 摄

（五）售点广告（pop）

售点广告是商店、超市、展览会、销售网点所使用的一种广告形式。售点广告主要功能是使消费者识别商品和诱发其购物的欲望。

售点广告摄影设计的特点：真实、清晰。

（六）网络广告

网络广告是指广告主利用一些受众密集或有特征的网站摆放商业信息，并设置链接到某目的网页的过程，是基于计算机、通信等多种网络技术和多媒体技术的广告形式。它具有传播范围广、交互性强、针对性明确、受众数量可准确统计、灵活、成本低、感官性强等特点。

网络广告摄影设计的特点：创意新颖独特，视觉生动。

六、广告摄影的作业流程

从广告摄影的操作过程来看，有一套比较严格的作业流程，它将影响到计划的进度和作品完成的质量。一般分为前期、中期和后期三个阶段。

（一）前期策划

前期阶段非常重要，是关系到能否取得客户信任、争取到拍摄任务的关键所在。

1.与客户洽谈沟通。有经验的广告摄影师，会主动争取与客户交流的机会，将准备好的、以往成功的资料赠送给客户，尽可能给客户留下专业、有经验、具有创意思想的印象，同时通过交流了解拍摄商品的内容、目的和要求。

2.搜集相关资料。根据客户要求的第一印象和直觉，积极整理搜集与拍摄内容相关的资料图片，必要时做一些市场调研工作。必须考虑摄影广告的整体性要求和视觉效果，在表现形式上多动脑筋，但必须紧扣内容的主体。要特别注意相关商品，研究别人的创意和手法，但要避

售点广告　王彬　摄

免照搬照抄，一定要有自己的创意，包括对拍摄对象的特点、企业品牌的理解，找到最佳的定位和表现形式。

3.确定创意初稿。与策划创意部门、设计部门积极协商，讨论初稿内容，听取有关人员的意见，做出修改。制作手绘草图，给客户介绍时做必要的说明。

4.定稿、签订具体合同。在与客户沟通并被认可的前提下，对广告摄影拍摄内容、制作要求、经费报价、制作周期、完成形式均需签订有关合同，便于明确双方的权利和义务。同时请客户先支付一定比例的拍摄制作费用，等完成后再全部结清。其中经费报价是根据常规市场金额和拍摄难度以及摄影师名望等方面综合估算。

（二）中期制作

进入制作准备和具体创意拍摄阶段。在这阶段中，尽可能考虑周全。临时提出要求，一般很难做到，而且会延误拍摄计划的进度，影响现场工作情绪。

1.拍摄准备工作。在具体拍摄前，开一次准备会议，根据创意和制作要求讨论商品实物、拍摄场地及灯光、模特、美术及道具化妆、服装设计、摄影器材选用和相关辅助设备、拍摄时间和保险等，包括与模特公司签订有关肖像权协议，并且逐项落实到人，按时完成。

2.开拍实施。广告摄影现场不需要许多人，有摄影师、设计人员、委托企业的有关业务主管、摄影助理（包括必需的数码摄影电脑操作人员）在场就可以了。拍摄中及时对画面的调性、构图、曝光、色彩处理等相关技艺问题进行确认，并做出合理的调整，满意后再正式拍摄。

（三）完成后期合成制作

1.电脑合成。这项工作一般由摄影师和设计人员共同来完成。根据创作意图和客户要求合成样照后，送客户确定。

2.制作。根据客户最后确定的方案，制作成灯箱、印刷品、彩色喷绘、POP宣传品等，并与制作部门和有关制作单位及时联络。广告摄影师也应该是后期印务的专家，及时督促，保证质量，按时完成业务，送交客户。

3.调研反馈信息。摄影广告发布后，根据市场情况做反馈信息资料搜集工作，广泛听取有关人员和广大群众意见，有助于改进广告摄影拍摄思路和拍摄方法，为下一项广告摄影积累经验。

七、广告摄影师的知识结构与职业特征

1.一位合格的广告摄影师应具备较深厚的美学、设计学知识，在视觉造型、色彩设计、画面构成、空间表达等方面都有较深入的研究，具备良好的视觉思维能力和视觉创意能力。

2.一位合格的广告摄影师应具备扎实的摄影基本功、熟练的拍摄技巧和计算机操作技能。

3.一位合格的广告摄影师应具备较强的平面设计与处理能力，能与设计人员实现良好的沟通，甚至能独立设计、拍摄。

4.一位合格的广告摄影师应具有认真、细致的工作态度与开放的工作作风，能吃苦，有耐性和韧性。

5.一位合格的广告摄影师应具有较强的商业意识，善于与人沟通，变通能力强。

6.一位合格的广告摄影师应具有较强的公关能力，会推销自己，有一定的宣传意识与能力。

7.一位合格的广告摄影师应具有良好的身体素质，体力充沛，精力旺盛。

第二部分
广告摄影设备

DESIGN

ART

一、照相机

广告摄影对图像质量的要求相对较高，并且绝大部分图像需要进行制作和印刷，所以对相机的要求也相对较高，常用设备一般都要求具有专业水准。但是，广告摄影也经常要用到小型设备，它们使用起来比较轻便、灵活，制作成本相对较低。

莱卡 R9

（一）135 单镜头反光照相机（小片幅照相机）

135 单镜头反光照相机是我们常用的机种，由于它具有结构小巧、功能完善、取景没有视差、对焦快速而准确、操作灵便等优点，很适合机动性较强的广告拍摄工作，如时装摄影、广告人像摄影、工业摄影等。但是它画幅偏小，影响图像的质量，不利于放大成巨幅图片，故在运用上适合于如样本等小媒介。

性能卓越的专业 135 单镜头反光照相机有：莱卡 R 系列、尼康 F 系列、佳能 EOS 系列、康太克斯 RT 等。

（二）120 单镜头反光照相机（中片幅照相机）

120 单镜头反光照相机是广告摄影中使用得较多的相机。它具有 135 单反相机的大部分优点：它的底片大于 135 底片，能获得较高的清晰度以及良好的层次表现，还可调换后背与对焦屏，适合较大倍率放大制作海报、灯箱等广告。它采用 120 胶片，片幅尺寸可通过相应的胶片后背来选择，有 6cm × 4.5cm、6cm × 6cm、6cm × 7cm、6cm × 8cm、6cm × 9cm、6cm × 12cm、6cm × 24cm 等几种片幅。

哈苏 503CW

广告摄影常用的 120 单反相机有如下品牌：哈苏(Hasselblad，瑞典)、禄莱（Rolleiflex，德国）、玛米亚（Manmiya，日本）、宾得（Pentax，日本）、勃朗尼卡（Bronica，日本）等。

（三）直接取景式照相机（大画幅照相机）

直接取景式照相机（大画幅相机）也称为机背相机或大型座机，是广告摄影的最佳器材。它使用页片，有 4 × 5 英寸、5 × 7 英寸、8 × 10 英寸不同的画幅规格，大多数 4 × 5 英寸大画幅相机也可在后板上加装 120 或 220 卷片后背，产生 6cm × 7cm、6cm × 9cm、6cm × 12cm 底片，或接上数码后背转接板，直接用数码后背拍摄。大画幅相机由于底片尺寸大，成像质量极佳，画面影像清晰而细腻，特别适合巨幅放大。它的最

仙娜大型相机

大优点，一是矫正被摄体，尤其是高大建筑物的透视变形；二是精确控制景深，这是小型相机很难做得到的。因为调节复杂，技术难度较高，所以也称为技术相机。这类相机体积比较大，必须使用三脚架固定，不适宜抓拍运动对象。个别比较轻便的机型，如林哈夫特艺45，也可以手持追随拍摄，但操作难度比较大。

大画幅相机有单轨与双轨之分。单轨相机前后板调整间距和倾斜幅度比较大，加延长轨道后还可以进行微距拍摄，是适合拍摄静物产品的专业相机。双轨相机体积比单轨要小，一般都是折叠式的，有的还带有手柄，携带相对方便，调整的范围和幅度比较小，适用于风光和建筑摄影。

双轨的有德国的林哈夫（Linhof）特艺45和2000，日本的骑士（Horseman）45、星座（Toyo）45和国产的申豪（上海）GJ45。

单轨的有瑞士仙娜（Sinar）系列、德国林哈夫GTL系列、日本的骑士L系列和星座G系列，以及荷兰的金宝（Cambo）、瑞士的阿卡（Arca）等。

（四）数码相机

数码相机又叫做数字相机或者数位相机。它在基本结

照相机的种类

相机（以取景方式分类）

单镜头反光取景相机 | 旁轴取景相机 | 双镜头反光取景相机 | 机背式取景相机

135单反 | 120单反 | 135旁轴 | 120旁轴

尼康F5 | 哈苏503cw | 莱卡M7 | 玛米亚711 | 禄莱 2.8Fx | 单轨座机 | 双轨座机

仙娜Sinar p2 | A45特艺双轨折叠座机

- 有丰富的可更换镜头群。
- 单镜头取景，成像没有视差，并可以直接观察到不同镜头的视觉效果以及不同滤色镜的不同作用。
- 自动化程度高，操作简便，适用范围广。
- 品种多，可选择性大，性价比高。
- 体积较旁轴取景相机要大，反光板翻动时震动较大，取景器比较暗，闪光灯与快门不能达到全速同步。

- 相机小巧轻便。
- 快门是镜间快门，没有反光镜的翻动过程，震动小，成像质量优秀。
- 旁轴取景相机近距离拍摄有视差，可以更换的镜头少（特别是长焦镜头少）多用于新闻纪实摄影。

- 设计简单坚固耐用。
- 两个镜头，一个用来取景，另一个用来拍摄。
- 镜间快门，没有反光镜的翻动，震动小，噪音小。
- 取景有视差，镜头固定不能更换，并且取景时成左右颠倒的像。

- 多采用大片幅底片，成像质量好。
- 可调控性大，可校正变形多用于广告和高品质风光摄影。
- 体积大而且重，携带不便，使用麻烦，操作费用高。

构上与传统的胶片照相机大致相同，同样是由机身、镜头、光圈、快门、取景器和闪光灯等基本部件组成。不同的是它的感光材料不是胶片，而是使用感光电荷耦合器件CCD或者CMOS来获取影像信息。另外还有用来存储图片的存储卡以及用来观看拍摄效果的液晶显示屏等。

数码照相机按结构的不同分为轻便数码照相机、单镜头反光数码照相机和后背型数码照相机三类。

1.轻便数码照相机。轻便数码照相机体积小，轻便,易于携带，外观与通常的35mm傻瓜照相机相似。它的镜头多为不可拆卸和更换的，能满足一般摄影要求，如旅游摄影、户外摄影、普通人像摄影等。但不适合高品质画面的拍摄或需要高倍率放大的场合。轻便数码照相机价格相对较低，但其中的差价却很大，质量档次的差别也很大，选购时尤其要引起注意。

2.单镜头反光数码照相机。单镜头反光数码照相机是在已有的35mm单镜头反光照相机的机身放置胶片的位置加上CCD等相关数字处理部件，是传统相机与数字摄影的巧妙结合。单镜头反光数码照相机不仅保留了35mm单反照相机上绝大多数的功能(如：更换镜头、自动曝光、自动调焦和多种测光方式等)，而且二者的曝光、聚焦等操作也大同小异。因此在使用上更加方便，应用范围更广。而且只要镜头接口相符，35mm单反照相机的镜头在单反数码照相机上依然有用。单镜头反光数码照相机的成像质

量和存储图像信息的容量比轻便型数码照相机更大，性能明显优于轻便型数码照相机。被广泛用于新闻摄影、体育摄影、商品广告摄影、军事摄影和科技摄影等领域。尼康D系列、佳能EOSD系列、奥林巴斯E-系列、适马SD系列等都属于这一类。

3.后背型数码照相机。由于普通中画幅120照相机和大画幅技术相机一般都可更换后背，后背

尼康 D3X

哈苏 H3D 中画幅数码单反机

数码后背

型数码照相机实际上是将单独的数字后背安装于可更换后背的中画幅普通照相机和大型技术相机上，从而构成后背型数码照相机。数字后背与存放胶卷的后背很相似，可方便地安装在现有中、大型画幅照相机上，使普通中、大型画幅照相机变成数码照相机，而且可方便地从机身上卸下来，换上存放胶卷的后背，实现数字拍摄与传统拍摄方式的方便转换。数字后背中的CCD面积大，接受的光信息多，成像质量好，而且一般是用大容量的计算机存储图像文件，因而可获得极高的分辨率。所以，后背型数码照相机主要用于要求苛刻的静物摄影、商品广告摄影等方面。后背型数码照相机又可分为两种类型，一种是面型CCD；另一种是线型CCD(即扫描型)。前者能瞬间完成曝光，可拍运动的物体；而后者的曝光时间长达几十秒至数分钟，只能拍静止的物体，但分辨率比前者高得多。

二、镜头

镜头又称摄影物镜，它是照相机好坏的主要标志，由透镜组和部分机械装置构成。

镜头系列

镜头的种类很多，而每种镜头又都有其成像特性和优缺点，都有其独特的功能和实用性。根据它们的作用和用途，可将其分为以下几种：

（一）标准镜头

标准镜头指焦距长度与底片对角线基本相等的镜头，视场角和人眼的视角相近似。正因为如此，画幅不同的相机，其标准镜头的焦距也就不同。如135相机标准镜头焦距为50mm，120相机为80mm左右，4×5英寸座机为150mm，8×10英寸座机为300mm。尽管画幅不同、标准镜头不同，但它们的视角却是相同的，都与人眼视角接近，为45°左右。因此，标准镜头的成像效果，诸如拍摄范围、透视比例，都接近人眼的视觉效果，显得亲切、自然。此外，标准镜头的制造技术最完善，成像质量最高，口径较大，适用于暗处拍摄，是使用最为广泛的镜头之一。

（二）广角镜头

广角镜头焦距长度短于底片画幅对角线长度，视场角大于人眼的视角（60°以上）。焦距为24mm～25mm，

尼康AF50/1.4D镜头

视角在 60°～85°之间的称为普通广角镜头；焦距为 12mm～20mm，视角在 100°左右的称为超广角镜头；焦距短于 10m，视角接近 180°的称为鱼眼镜头。广角镜头的主要特点及用途主要表现在以下四方面：一是视角大，有利于在狭窄空间里拍摄较广阔的范围和拍摄全景图片。二是景深大，有利于同时保持场景中近景和远景清晰度，常用于风光和建筑摄影。三是画面透视感强，夸张近大远小的透视比例，带来强烈的视觉冲击力。四是畸变像差大，近距离拍摄时失真较大，画面边缘尤甚。因此，在拍摄时要注意角度，尽量避免变形失真。

适马 4.5/F2.8 镜头

（三）长焦距镜头

长焦距镜头又称摄远镜头，其焦距大于底片画幅对角线，视场角小于 60°。就 135 相机而言，由于长焦镜头焦距变化幅度较大，故把 70mm～150mm 的称为中焦镜头，150mm～300mm 的称为长焦镜头，300mm 以上的称为超长焦镜头。长焦镜头的主要特点及适用范围主要体现在以下四个方面：一是视角小，成像大，能远距离摄取无法靠近和易被干扰的事物，广泛用于体育摄影、野生动物摄影与场景人物。二是景深短，有利于虚化背景，突出主体。三是空间压缩感强，有削弱远近物体的大小比例的视觉特点。四是畸变像差小，在人像摄影中尤其见长，在肖像摄影、婚纱摄影、时装摄影领域广泛使用。

尼康 AF-S 600/4G ED VR 镜头

（四）变焦距镜头

变焦距镜头的焦距通过调节可以发生改变，以适应远近不同景物的拍摄要求，克服了更换镜头的麻烦，有利于及时瞬间抓拍。变焦距范围 15mm～35mm 的称广角变焦镜头，28mm～80mm 的称标准变焦镜头，70mm～210mm 的称长焦变焦镜头。最近几年，不少镜头厂家甚至推出了超级变焦镜头，焦距变化幅度达 28mm～300mm，涵盖了广角、中焦、长焦各焦距段，以适应不同拍摄场合。变焦镜头的最大优势就是一镜多用，使用简单；相对于多只不同焦距镜头而言，价格较便宜。这些优势使变焦镜头成为摄影师的宠儿，但变焦镜的成像质量与定焦镜头相比还是有一定的差距，通常认为变焦范围小的镜头比变焦范围大的镜头成像质量好。所以，在条件允许的情况下尽可能不用大变焦镜头。

尼康 AF-S VR70-200/2.8G IF-ED 镜头

（五）微距镜头

微距镜头是专门为拍摄微小物体和翻拍近距离摄影而设计的，在小型产品摄影中应用广泛。在进行近距离摄影时，该镜头具有分辨率高、畸变小、对比度高、色彩还原好等特点。微距镜头在结构上有两种形式。一种是内置伸缩筒的镜头，在进行微距摄影时，只要转至最近调焦距离处的调焦环继续转动，就可以进行微距摄影。另一种是通过改变摄影镜头内部的透镜组合的前后位置，来实现微距摄影，并获得较高的影像放大率。微距镜头的最大相对孔径一般比较小（在 1∶3.5 左右）。某些变焦镜头也设计有微距摄影功能。这类镜头一般是通过改变摄影镜头内的部分光学透镜组的位置来实现的。由于受结构、像差等因素限制，这类变焦镜头的微距功能有限，放大倍率较大（通常为 1∶4 左右，普通微距镜头达 1∶2）。由于变焦微距镜头的像差校正较困难，因而其成像质量远不如普通定焦微距镜头。

尼康 AF 60/2.8D 微距镜头

三、测光表

测光表是测量被摄物体表面亮度或发光体发光强度的一种仪器。在摄影过程中测光表可根据各种已知条件和瞬间变化的客观条件准确地提供被摄物体的照度或亮度信息，为摄影者提供拍摄时所使用的光圈和快门的组合参数。测光表是专业摄影中必不可少的工具。

测光表的种类很多，它们各自的结构特点、测光区域、测光方式、感光效果、显示方式、选用光敏元件等均不相同。根据测光表测光形式的不同，可分为入射式测光表和反射式测光表两大类。它们分别测得到达被摄物体表面的平均照度光强和被摄体表面的平均反射光亮度。目前的测光表都兼有测量入射光和反射光这两种功能。专业摄影中使用较多的测光表品牌有：日本产美能达 MINOLTA、世光 SEKONICO、普利斯 POLARIS，德国产高森 GOSSEN 等。

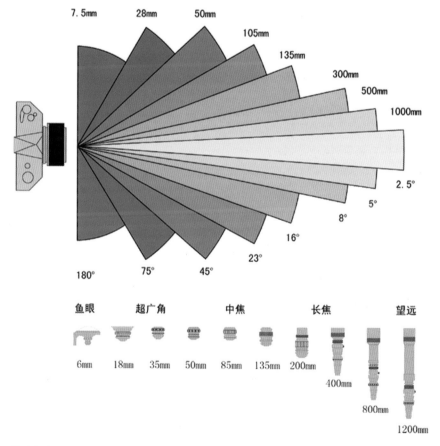

镜头视角

理，需要根据经验做出最后判断。

（二）反射式测光表

反射式测光表以测定被摄体在光源的照射下所呈现的亮度为目的。由于测光表对所测物体的反光都做18％的灰处理，所以只有对中灰物体的反光进行测定时，曝光才是正确的；对白色物体测光，测光表将其作为灰色表现，则曝光不足；若对黑色物体测光，测光表也将其作为灰色表现，则曝光过度。在摄影棚及室外拍摄，在使用持续光照明时，也可使用反射式测光。照相机内测光系统属于反射式测光，只能测定持续光，不能测定闪光灯发出的瞬间闪光。闪光测光表除了与测光棒连接可以测定某一点上的反射光以外，其他无法进行闪光的反射式测定，只能测定入射闪光。

反射式测光表中测光窗的感应角一般为30°，使用该测光表时只需将半球受光器取下，将测光窗对准被摄体即可。测光时应尽量靠近被摄体，但要避免投影遮挡被摄体和杂光进入测光窗。

（三）点测光表

点测光表也是一种反射光测光表。它的测量角度为1°～3°，将测定的区域限定在比较小的范围内，因此可以更方便地选择中灰的物体进行测光。由于测光都是将物体表现为18％的中性灰，而且这时物体的色彩饱和度也最好，所以许多时候，当希望将某一物体的色彩和影调层次表现为最佳效果时，就对着这一物体进行点测光，并以所获数据为依据进行曝光。

点测光表的长处是能够测量很小物体上的亮度。产品摄影中可用它测量细小局部的亮度。如果广告、产品摄影中用光导纤维或微型灯具布光，就只能用点测光表测光。所以它是曝光要求严格的摄影者和拍彩色反转片的摄影者的常用工具。

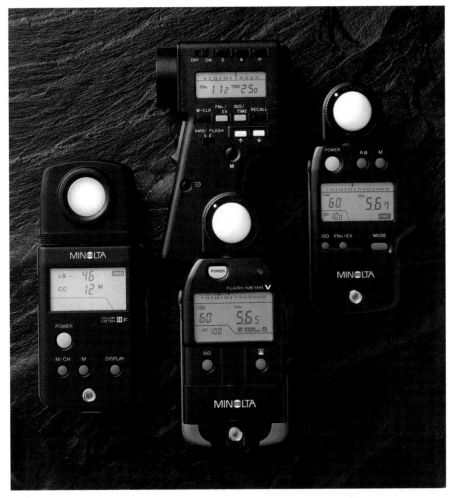

测光表

（一）入射式测光表

入射式测光表以测定照明光源的亮度为目标，测量的不是被摄体反射出来的光线，而是光源投向被摄体的光线。这种测量照度的方法的好处是不受被摄体异常的明暗变化的影响。只要将测光表放在被摄体的位置，将半透明的球状受光器朝向相机镜头，测得读数，一般就可得到正确的曝光。在拍摄彩色反转片时，入射光测光表是很适用的。由于入射式测光表是按反射率为18％的标准被摄体为条件设计的，因而这种测光方式最适合人工光源棚内的拍摄。

入射式测光表也有局限：摄影者不可能每次都走近被摄体去更准确地测量投射在它上面的光线。有时候摄影者要面对几个主要的被摄体，比如，有的在阳光下，有的在阴影处，也无法一一分别处

四、闪光灯

广告摄影对光线的要求很高，表现气氛、表现质感、表现色彩都离不开精心构思的光线。而在户外的自然光下，无法主观地控制其方向、强度，且变化极快，所以除非是指定外景，大多数广告摄影的拍摄都是在摄影棚内使用人造光源完成的。人造光源的种类很多，摄影棚中使用的人造光源大致可分为连续光源和闪光光源两种。连续光源指可以连续发光的光源，通常指白炽灯、日光灯等人造光源；闪光光源指瞬间发光光源。作为闪光光源的闪光灯，因其具有体积小、重量轻、携带方便、发光强度大、节省能源等优点，在现代摄影中被广泛使用。

（一）闪光灯的基本结构

根据闪光灯的结构不同，可将其分为中低功率的单体灯和高功率的电源箱灯两种。

单体灯是将电容器、电路系统、闪光灯管、造型灯及控制系统集合在一个灯头里面。考虑到灯头的重量，一般在单灯头中设置4～8只电容器，功率控制在1200W以下，以保持其轻便。控制操作系统一般设置在灯体的一侧或后方。

电源箱灯头是将电容器与部分电路单独设置在一个电源箱内。灯头内只有闪光管、造型灯和散热装置。其操作系统全部设置在电源箱顶部面板下，避免了灯头位置过高造成的调节不便。一般电源箱的输出功率为1200W～6400W之间，可以同时插2～4个灯头，功率有的可以平均分配，有的则可以不平均分配。使用电源箱可获得大功率的光量，可以同时控制2～4个灯头，也减轻了每个灯头的重量，减轻灯架的负担。

广告影棚中常用的大型闪光灯的著名品牌有德国产的MULTIBLITZ（无敌霸）、HENSEL（康素），瑞士产的BRONCOLOR（布朗）、ELINCHROM（爱玲珑），法国产的BALCAR（保佳），日本产的COMET（高明），英国产的BOWENS（保荣）。其他普通品牌及国产品牌有香

港"好好"，台湾三光，温州光宝，余姚金鹰，常州银燕，上海金贝、永江等。其中光宝、金鹰、金贝等几个国产品牌已有1000W以上的大功率型号，且整体质量已接近国外同类产品了。

（二）闪光灯的主要特点

1. 彩色摄影的光源与色温非常稳定。

2. 因为发光强度大，可以做运动中凝结的描写，这一点是其他光源所难以实现的。

3. 容易获得大光量的表现效果，特别是多组灯的同步闪光，可获得大面积的照明，功率也逐渐加大。

4. 配上各种灯头附件可满足不同的布光效果，使用方便。

5. 不会产生高温，可节省能源消耗。

（三）闪光灯的灯头效果附件

闪光灯有庞大的灯头效果附件，主要有以下几类：

1. 灯罩。灯罩可产生泛光硬光照明。根据照射角度大

闪光灯罩系列

小可将其分为广角反光罩、标准反光罩、聚光反光罩和柔光泛光罩。其中标准反光罩的照射角度在60°左右。柔光泛光罩通过二次反射产生广角的柔和光，适合拍摄人像。在灯罩上又有蜂巢、挡光板和滤光片三种配用件。蜂巢有大小几种巢眼规格，可使光线更加集中成直束平行射出。挡光板有对称两片，也有四片式，适用于限制光源不必要的扩散。滤光片是圆形或方形彩色胶膜片，安插在灯罩前，产生不同色彩的色光效果。

柔光箱系列

2.聚光筒、束光筒。聚光筒为内置聚光镜片的筒状结构，将灯头发出的光会聚后平行射出，形成小范围的光斑。它可做背景效果光或被摄体的局部修饰光，还可插入不同图案的幻灯片做背景或现场效果的投影。束光筒只是一只锥形圆筒，前端带有蜂巢，没有聚光镜片。它也是做聚光用，但效果没有聚光筒强烈，光的损失也较大。

3.柔光箱。柔光箱由金属框架、黑色罩体、柔光屏组成，有不同大小的尺寸供选用。其特点是提供大面积均匀柔和的光线。一般大小的柔光箱后面使用一个灯头，也有长条人像柔光箱上下并排2～3只灯头。大型雾灯发光表面积可达十几、二十几平方米，里面需安装多个灯头才能使光线均匀。大型雾灯多用于汽车等超大型被摄体的拍摄，可模拟天空光效果。

4.反光伞、柔光伞。反光伞的内衬面是金或银色的反光材料，柔光伞则是整个采用半透光的材料制成。经反光伞反射的光为散射光，面积大，照度均匀，光性较软，不易产生投影。柔光伞的光性比反光伞稍硬，类似单层的柔光箱，但由于四周没有内银外黑的罩箱，故光损失较柔光箱大。两种伞由于可以折叠收藏，便于携带，故多用于外拍及时装人像。

5.光导纤维灯头。光导纤维灯头即在普通灯头上增加一套由2～4根光导纤维管构成的系统装置，将光通过光导纤维分成几束，用于拍摄首饰、珠宝等无法用普通大面积光布光的小件物品。通过光导纤维的弯曲延伸，也可为一些普通布光中的死角补光。

6.闪光灯触发器。为方便摄影师的拍摄工作，摄影棚一般都配备了无线遥控的闪光灯触发器。它包括两个部件：发射器和接收器。将发射器装在照相机的闪光灯热靴插座上；将接收器的一端接上电源线，另一端的两根连接线，一根电源输出线接入闪光灯的电源输入插座，另一根闪光同步触发线插入灯的闪光同步插座，将发射器和接收器上的频道选择开关拨到相同的位置，就可以投入使用了。该类遥控触发器以一节23A、12V的电池做电源，可以进行远距离、全方位的无障碍触发，且有多频道隔离功能，相邻影室工作互不干扰，使用十分方便。

2.天花路轨。天花路轨是安装在天花板上两根固定轨道上的1～2根可滑动的轨道，配以可伸缩的机动吊架。闪光灯安装在上面可轻松调整位置、方向和高度，同时也省去了三脚灯架占用的地面面积。高档的路轨可以遥控移动与升降。

闪光灯触发器

发射器　接收器

天花路轨

（四）闪光灯的灯架系统

还有一些灯架系统配合大型闪光灯的使用，包括灯架和天花路轨两部分。

1.灯架。灯架主要有两大类：一种是常见的落地式灯架，移动灵便，但占地面积较大，拍摄时很容易进入画面；另一种是悬吊式灯架，与天花路轨配合，不占地面空间，但布光受到一定的局限。新型落地式灯架中有一种气垫式，下降时拧松固定螺丝后灯杆缓慢下落，不会因灯头的重量使灯杆突然松脱下跌，震坏灯头。除了直立式的落地灯架外，还有一种悬臂架，可用于架设顶光，支撑脚还装上滑轮，以便于移动。另外，还有用于支撑背景的背灯架、打底光的地灯架等。

五、其他设备装置

（一）静物拍摄台

正规的静物拍摄台有平板式和无接缝台式两种。有的平板式静物台最上一层是玻璃，中间有一块反光镜，可调整反射角度，以便于从侧面打光，经镜面折射后成为底部透射光。

无接缝式静物台是一块乳白色的有机玻璃，台的一侧可以向上竖起，构成无接缝背景效果。有大型和微型等不同体积，可根据被摄物的大小选择使用。

（二）背景纸

摄影棚除了建有无接缝背景墙外，一般商业摄影棚都备有无接缝单色背景纸，宽度在2.7m左右，颜色有黑、白、灰、红、蓝、黄、绿、赭色等，用背景架悬挂在墙上。

背景架有手动和电动两种，悬挂轴有 4 轴、6 轴、8 轴不等。

渐变背景纸是产品摄影常用的背景纸，红、绿、黄、蓝各色都有，并有渐变白和渐变黑两大类。尺寸一般在 1.8m × 1.2m 左右。

另外，为了满足各种不同物品的不同拍摄要求，还可以备一些金丝绒布，门幅可以宽一些，颜色有黑色、红色、绿色等多种。其他不同质地、不同色彩的布料，如白色、黄色、蓝色的缎子和半透明的薄纱等都可以作为背景使用。

除了上述器材以外，摄影棚内还配有用于架设大画幅相机的摄影立架、大小不一的三脚架、反光板、柔光纸、玻璃板、木板、塑料泡沫板、排风机、电吹风、大型取暖设备，以及一些胶带纸、胶泥、细绳、细铁丝、夹子、钉子、图钉、回形针、胶水、画笔、颜料、油漆、喷雾剂，还有小锤、剪刀、刀片、螺丝刀、老虎钳等小工具。

拍摄台

小型拍摄台

DESIGN

ART

第三部分
广告摄影用光技巧

一、光在摄影中的作用

摄影离不开光，摄影是用光来表现的艺术。没有光就不存在摄影艺术。学习如何用光是拍好作品的重要环节。

（一）形成画面影调

在摄影中，色彩深浅度不同，从而也就形成了丰富的画面影调。一般而言，影调总起来分为三大类：高调、中间调、低调。画面基调的差异，将体现和表达不同的气氛和意境。基调的选择与拍摄的主题等紧密联系在一起，要从拍摄目的出发选择表现的影调。

（二）表现画面空间

正因为有光的作用，我们才能更好地表现画面的空间感觉。通过明暗、投影可以表现景物的立体感；通过空气的透视可以表现空间纵深感；通过运用不同的光位可以表现不同的空间感。顺光时，投影在后面，光比小，画面中的事物平淡，空间感差，而当运用侧光、侧逆光、逆光等时，光比较大。画面中事物的立体感、纵深感明显，有利于表现物体在画面中的空间位置。

（三）显示物体质感

不同的物体有不同的质地。有些物体表面粗糙，有的表面光滑，有的表面能反射出明亮的镜面光，有的质坚而脆，有的质轻而松，也有质硬而带有韧性的，还有透明

王彬 摄

张
雄

摄

的、半透明的、不透明的等等。我们在拍摄照片过程中，只要能恰当地运用光线的照射以及物体本身对光线的吸收和反射作用，就可把不同物体的质感表现出来，真实地反映物体的质感、量感和空间感。

（四）表现人物的神情气韵

光线不仅能勾画物体的轮廓，而且可以照亮物体的细部，立体地描绘出物体的神情和气韵。如在人像摄影中要求做到"形神兼备"，"形"就是照出来的照片很像这个人；而"神"则是人的精神状态。当光线照射在人的面部时，人物的喜、怒、哀、乐等不同神态就会被描绘出来。光线可以表现人或物的神态，赋予摄影造型以传神的作用。形神兼备是摄影造型的基本要求。因此，在摄影实践中一定要讲究光线的运用和调度。因为光线的强弱、照射的角度和方式，以及光源色温等等，都会影响被摄物体表面光线效果，从而影响其神情和气韵的表现。

王彬 摄

张雄 摄

二、光的特征

（一）光位

光位是指光线的角度与方向，是光源相对于被摄物的位置。同一对象在不同的光位下，会产生不同的明暗造型效果。光位分水平光位与垂直光位。在通常的摄影术语中，将水平光位称为方位(方向)，将垂直光位称为角度(高低角度)。

1.光的方位。

（1）正面光。光线来自于被摄物的正面，又称顺光。正面光照射的被摄物令人感觉明亮，但立体感不强，缺乏明暗变化。

（2）前侧光。指45°方位的正面侧光，这是最常用的光位。前侧光照射的景物富有生气和立体感，故它常被用于主光。

（3）侧光。又称90°侧光。在侧光下被摄物体有强烈的明暗对比，呈所谓"阴阳"效果。

（4）后侧光。又称侧逆光。光线来自被摄物的侧后方，能使被摄物的一侧产生明显的明亮外轮廓，使主体与背景分离，从而加强画面的空间感和立体感。

（5）逆光。又称背光。

王兆扩 摄

白洁 摄

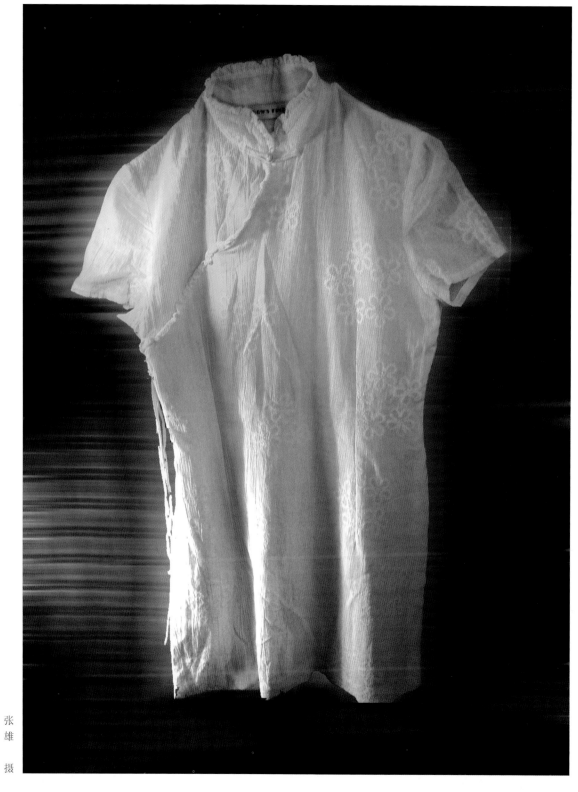

张雄 摄

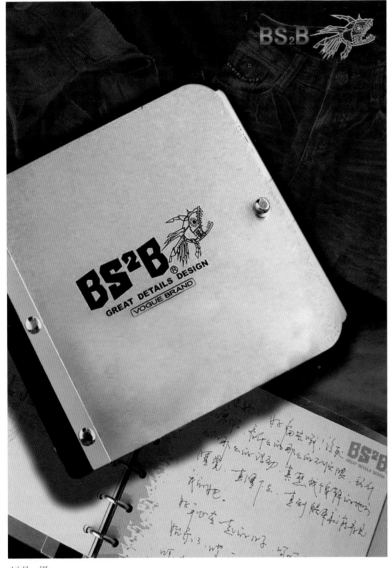

刘晶 摄

李若静 摄

光线来自于被摄物的正后方，逆光能使画面产生生动的全部外轮廓明亮线条，使主体和背景分离，从而加强画面的空间感和立体感。拍摄玻璃器皿时常被用做主光源来表现玻璃器皿的透明感和轮廓线。

2. 光的角度。

（1）低位光。光源在水平线以下。此光可使被摄体与背景分离，或用于使背景的明度产生向上渐变的效果，可加强空间的纵深感。一般不宜用太强的灯光。

（2）水平光。视点光位较平，会因水平光位的移动，将被摄体的投影和暗部处于光源投射方向的对面，硬光的投影不会清晰。

（3）中位光。光源比水平线高出45°左右。当水平光处于侧光位置时，中位光是较好的主光，容易表现被摄体的立体感和质感肌理，也是人像摄影最常用的主光位置。中位光接近人们的日常适光习惯，所以可表现自然状态用光。

（4）高位光。高位光光源高于60°左右。此光对于被摄体处于水平方向或接近水平方向的顶部投射面大，垂直投射面较小，所以当商品的主要展示面处于水平方向时，此光位较适宜，也多用散射光。

（5）顶光。顶光的光线来自于被摄物的正上方，如正午的阳光。顶光一般不用于人像布光，否则会在面部产生难看的浓重阴影。在商业摄影中真正垂直角度的光并不多用，而常用大面积的散射光源。如果用直射的硬光做顶光照明，会产生奇特的、有神秘感的特殊效果，但应谨慎使用。

徐鸿博 摄

钟立华 摄

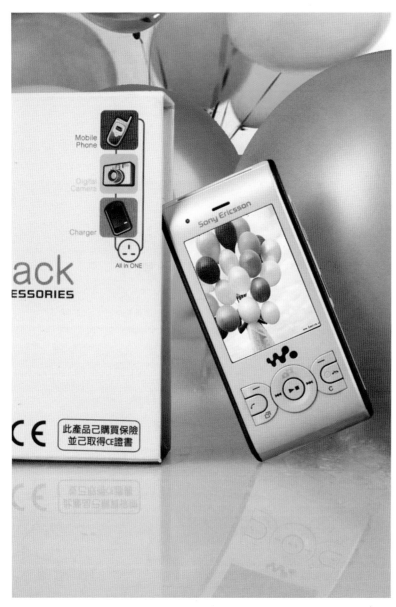

李若静 摄

孔黎 摄

王彬 摄

（二）光质

光质是指光的投射方式和性质。

1.硬光。硬光的特点是发光强度大，照射方向具有汇聚性；被照物明暗反差强烈，明部和暗部的分界线明显，阴影清晰而浓重，最适合硬调的布光和局部照明。硬光具有强烈、明显的投影效果，宜用于表现体积感。不利于表现细腻质感，但在勾勒轮廓，隔离被摄主体与背景表现形态时作用较好，不过光影往往会过于生硬。适合用于做吸光物体的拍摄照明。电子闪光灯直接照射的光、晴天的阳光、聚光灯的光都是硬性光。

2.软光。软光的发光特点是光散射而柔和，方向性不明确，被照物的明暗反差适中，照度均匀，照射面积散、大，明部和暗部间的层次过渡柔和，阴影柔和而明暗交界不清晰，反光和耀斑不鲜明。经过漫射物透过的光线和经反射物反射回去的光线都具有软光的性质。例如，透过柔光箱和反光伞以及半透明的纸，可使光线变得柔和，阴天天空的散射光等也属于软光。软光宜表现表面光滑、细腻的被摄物的质感。软光照明虽色调层次丰富、柔和，但不利于增强物体的体积感，常用于反光物体的拍摄。

（三）光度

光源发出的光的强度、光线照射到物体表面的照度和光线照射在物体表面反射出的光线亮度三者统称光度。

在摄影中光度直接影响着拍摄时曝

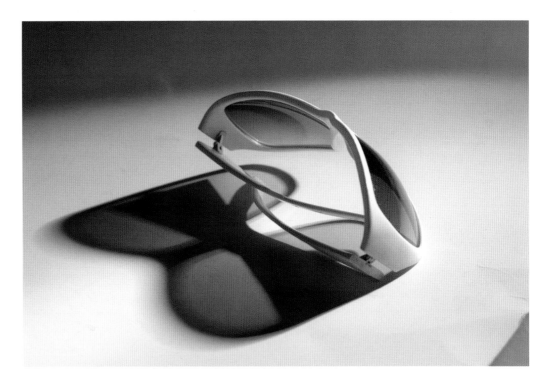

刘海刚 摄

张静 摄

张艺腾 摄

张倩茹 摄

光的选择、作品的影调效果等多方面因素。光线强度的差异，给人以不同的空间纵深感。明亮的景物，给我们的感觉是比实际的更贴近些，而阴暗的景物则感觉深远些；明亮的光线下的场景给人明快的感觉，模糊的光线则有忧郁、宁静之感。

（四）光种

光种是指布光光线的种类及在拍摄时的作用。

1.主光。主光又称"造型光"，是摄影中对照射被摄物起主要作用的重要的光源，也是布光灯中亮度最大的光源。主光使被摄画面产生基本明暗基调。主光通常用于塑型，表现物体的体积感。主光光位的不同，直接影响被摄物的造型效果。

主光的确定，基本确立了画面基础照明和影调的处理。首先应根据主体的质感肌理形态，确定主光的性质是软光还是硬光。然后根据主体的体积和拍摄范围，确定光源面积和距离。最后根据主体的具体要求，确定主光的方位和角度。

2.辅光。这种灯光用来补充物体其他不能被主光照射到的面，弥补照度的不足。须配合主光使用，所以又称为副光。一般用辅光来平衡被摄物明暗两面的亮度差，体现阴影部的更多细节，调节画面的照明反差，即光比。

辅助光的亮度一般不应超过主光。为避免产生多重投影，辅助光多为软光，也可用反射工具如反光屏、反光板等做辅助光。用辅助光要自然、细腻，应仔细地调整与主光的和谐对比。

3.轮廓光。勾画被摄体轮廓的逆光，也称为轮廓光。轮廓光的软硬、强弱都要视创作意图而定。当要强调被摄体的质感时，轮廓光用光要软，也不宜过亮。轮廓光作为隔离光使用时，或要特别强调它的明快、跳跃的情趣时，亮度可以加大。

轮廓光可用泛光、聚光照明，甚至可用幻灯机的投射光照明，有时也可以用日光或灯光的反射光照明。

4.效果光。效果光是赋予画面某一特殊照明效果的光，也称装饰光。一般用来强调和修饰被照物的某一特征，或突出、夸张某些局部，达到调整局部照明和美化形象的目的。也可用来弥补画面布光不足的小区域，如发光、眼神光、工艺饰品的高光部的耀斑光等。效果光多为软光和窄光照明，布光时要控制亮度和进行必要的遮挡，以不干扰其他用光为原则。

5.背景光。背景光是用于环境照明的光源，用来调整主体与背景的明暗差别，制造特殊的环境气氛和空间效果，突出被摄物的轮廓并减弱或消除其他光源在背景上投射的阴影。

（五）光比

光比是指被摄对象主要部位的亮部与暗部的受光量差别，通常主要指主光与辅光的差别。光比的大小直接影响画面的影调、层次、反差，形成不同的色调形式，产生不同的造型效果。光比主要体现在三个方面：同一

张静 摄

反光率表面的主光与辅光之比，相邻部位不同反光率的物体的亮度值或照度值之比，被摄景物范围内最高亮度与最低亮度的最大光比。最大光比要适应胶片的宽容度，以使被摄对象亮部与暗部的层次和质感得到一定体现。布光时，一般要求将光比控制在（1：2）～（1：4）之间。光比的控制主要靠调整主光与辅光的亮度大小和距离的远近，还可用反光板对暗部进行补光。控制光比是摄影造型中光线处理的关键步骤，是形成摄影造型风格的重要环节。

三、广告摄影的用光

一般用人工光拍摄商品广告，有3～5个光源就可以了（光源不宜过多）。它们能摆布出不同光位、不同光质、不同光种的光，有目的地照射出自然光下无法达到的光线效果，从而使被摄物形象更生动。

（一）光种的运用

1.主光与辅光的运用。 室内布光有单灯的，也有两只或两只以上的，但其中一定要有一个主光，其余的只能做辅助光、背景光和效果光。如果只有一只灯做主光源，那么最好用反光板、白纸等作辅光反射照明，以缓和单灯照明所造成的强烈反差。倘若有两只以上的灯光照明，主光灯亮度应该是最高的。

钟立华 摄

如果几盏灯的亮度是相同的，就把距离调整一下，让主光灯与被摄物近些，其他灯离被摄物远一些。

2.背景光与效果光的运用。背景距离被摄物较远时，因主光的覆盖面小而难以给背景一定亮度的均匀照明，就需要为背景单独布光。另外，为了有意识地把主光照明控制在被摄物上，使主体与背景影调分离，可以控制主体与背景的明暗反差，使整个画面的气氛得到烘托，而不受主光的干扰。在使用连底背景时，如被摄物较小，则可在给被摄物布光时用主光对背景连带布光。如果拍摄一件表面明亮的被摄物，这时就只能对背景做单独布光；不然，如果要使背景的亮度超过主体，就会给主体布光增加难度。

背景用光一般应宽而软，受光要均匀，对明度的处理应独具匠心。要使画面明朗、生动，物体明部亮而细

张雄 摄

腻和暗部暗而有层次，则必须积累相当丰富的用光经验并练就过硬的操作技能。

运用装饰光其要点一般为软光和窄光照明，既然它是小面积、小范围的用光，布光就要控制光度和进行必要的遮挡，还要做到使其他用光不受到它的干扰。为拍出装饰光的点光源效果，可以找一张黑色卡纸，按灯罩的口径和所需发光孔的大小裁成梯形，再把这张梯形纸卷拢来，形成喇叭状的纸筒，光线就会直射到某个部位，产生小面积的照明效果。

3.布光的顺序。在具体使用中，要认真地考虑主光、辅光、背景光、装饰光之间的相互关系，使之产生既对比又和谐的画面效果。布光的顺序是：

（1）确定主光位置。由主光来确定被摄物的明暗基调。

（2）决定辅助光的角度、位置、光度。辅助光可用于含蓄地表现暗部细微的层次，也可以协调亮部补充主光量的不足，或减弱主光引起的阴影。

（3）分配背景光和装饰光。这样拍摄出来的画面效果应该主次分明，相互补充。以用逆光拍摄玻璃器皿为例：先把主光布置在玻璃器皿的后面或侧后面，开启光源，观察其亮度是否合适，轮廓是否清晰，然后布置照在前面的辅助光。当主光与辅光的位置确定后，最后再决定背景光与装饰光的位置。

邝卫国 摄

王彬 摄

（二）光质的运用

1.硬光要明亮强硬。硬光，其特征是明亮、强硬，光射方向明确，光线投下的阴影清晰，具有清晰的轮廓线。要布好硬光，须掌握三个要诀：一是主灯的光束要小而亮；二是辅灯的光线要弱而散；三是曝光要以主灯的亮度为准。在拍摄时除了将灯的开关拨至全光档外，还可给主灯戴上蜂窝状的集光罩，使主灯光线呈直线状，光束直径变小，灯光亮度增强；在辅灯前可放置白尼龙布

制的柔光伞或柔光罩，使其放射出柔弱的散射光，并将辅灯远离被摄物，以偏光照明。主灯与辅灯的光比一般控制在4：1左右。曝光应以明亮处为基础，适当顾及阴暗部分。例如，用影室闪光灯拍摄，测光数据亮部光圈为f11，阴暗面光圈为f5.6，拍摄时的光圈可用f11～f8之间，两者都有较好的层次。

2.软光要柔和虚松。软光，其特征是照度柔和，阴影浅淡。运用软光造型，影室灯必须配上柔光装置，使光线

成为软光。通常柔光装置可使用柔光箱、反光伞,或在灯前放一张半透明的白纸。另外,主灯和辅助灯的光比要偏小。

(三)巧用轮廓光

商品的注目性和印象性是商品摄影的一个重要因素,制造商总希望自己的产品在众多表面相似的商品中脱颖而出。因此,除了产品包装本身的造型外,其影像的质量非常重要。

轮廓光作为勾勒被摄物的重要光源,用它的目的是为了明确地突出被摄物外形,使之与背景形成一定的空间距离和深度。

轮廓光的方位多用逆光、侧逆光,灯位一般都高于被摄物。

轮廓光的硬软、强弱要根据创意来定。如果要强调被摄物的质感,轮廓光不能过强和过硬,与主光的光比也不要过大,这样才能使被摄物轮廓的受光部分保持基本质感和层次。

当使用色光做轮廓光时,光比和亮度一定要合理控制,投射光过量或曝光过度,则会使色光变为灰白而失去色光的意义。因此,对于光种、光位之间的合理性、和谐性以及明暗反差的对比关系等,都要做到深思熟虑,才能使商品照片达到要求的画面效果。

张雄 摄

四、广告摄影的布光方法

（一）单灯布光

采用单灯作业的机会很多，如外出拍摄或拍摄吸光的小商品基本上可以采用此种方法。拍摄时根据对象，可以用反光屏、反光伞和灯前加描图纸等做辅助工具，对灯的光质、强度、角度、距离进行调整。单灯用正面顺光的机会较少，因为正面用光较"平"，不宜塑造对象的体积感，所以单光摄影大部分使用侧光、顶光、后侧光。

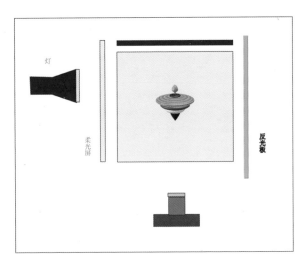

单灯布光图

赵艳 摄

陈漫 摄

（二）多灯组台布光

多灯组台布光可以说是单灯的扩充，可以拍摄体积大的、品种多的系列化商品。虽然使用多灯，但仍集中于一体，以补充使用单灯的光量不足、投射面积不够大的缺陷。布光时，应注意灯具的排列、光的均匀程度等。一般用顶光，有时也用侧光来照射商品。

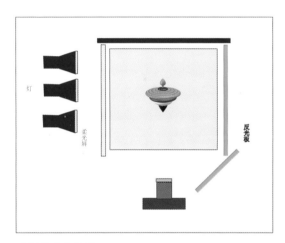

多灯组台布光图

张雄 摄

（三）两灯布光

一灯为主光，另一灯做辅助光，这是最常见的方法。根据拍摄对象先确定用软光还是用硬光做主光，然后再配以辅助光，形成正确的光比。辅助光的光强度可用加描图纸、加大灯距或用反光屏的反射光来减弱。两灯布光最主要的一点就是确定两灯之间的光比。

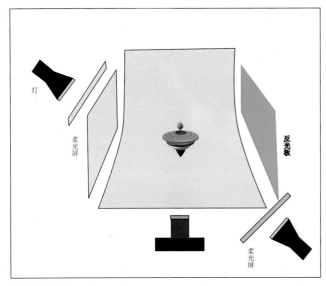

两灯布光图

李婷 摄

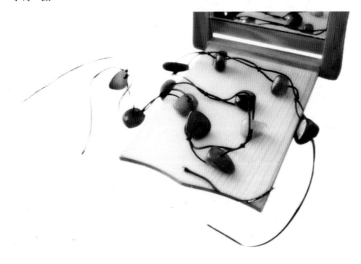

张沙沙 摄

（四）三灯布光

主光加上辅助光，再配合其他如装饰光、轮廓光、背景光等，就是三灯布光。布光时，先确定主光，然后用辅助光弥补主光的不足或补充阴暗部的亮度，削弱投影，再用其他装饰光美化一下主体，造成一定的情趣和气氛。

王彬　摄

张静　摄

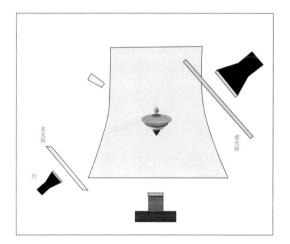

三灯布光图

（五）多灯布光

多灯布光是指主灯、辅助灯、背景灯、装饰灯一起使用的布光方式。各种光都有其不同的用途。多灯布光，仍要以被摄体的造型和材质为主要的依据，首先确定主光，表现好其质感。不可乱用一气，喧宾夺主，造成混乱。有些初学者往往以为灯越多越好，因此也可能导致失败，这一点应予以注意。

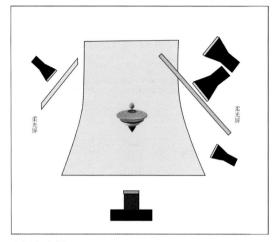

多灯布光图

张静 摄

（六）透射光布光

在拍摄透明的玻璃器皿或液体时，用透射光是比较典型的布光方法。当光线经过描图纸或半透明的有机玻璃板照射到透明体时，较厚和较薄部位因透光不同而产生的光比被强调出来，形成了表现质感的黑线条。透射光一般在后背或底部布光，有时在前方加用较弱的光做辅助光。在拍摄一些诸如蔬菜、水果、金银首饰等物体时，用顶部照射的散射光做主光，用透射光做补助光来表现它们的质感，可以获得一种半透明状晶莹剔透的效果，表现力很强。透射光从底部照射还可以消除阴影。

王彬 摄

王彬 摄

（七）部分包围布光

部分包围布光方式常常用于拍摄反光强烈的物体，可抑制其反光。光洁度高的表面所产生的耀斑过多，就会使画面产生刺眼的因素。这种耀斑也就是常说的高光，高光部位过多则会使被摄物失去整体感。如果将耀斑控制在需要的部位和最能体现产品固有质感的部位，即耀斑的形状能体现被摄物的形状，这样的耀斑就能起到画龙点睛的作用。耀斑运用和控制得当，拍出的影像则会产生光艳耀人的美感。如果拍摄的物体表面是平面，通常可以调校相机与被摄物的角度，使用半隔离罩和大面积光源或大片描图纸完全反射出来，所得的结果就会很自然。如金属体、不锈钢、搪瓷和漆器等，通常采用较大的描图纸对被摄物体做部分罩围，在上面再加透射光，或朝一张白纸照射，利用反射光来做大面积漫射光照明。这样的散射光具有照明均匀、柔和的特点。

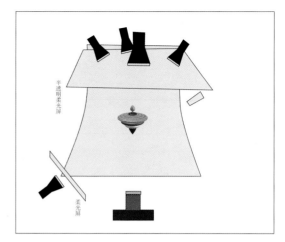

部分包围布光图

姜雨 摄

张静 摄

（八）全隔离布光

全隔离布光是指除了照相机镜头开孔之外，用一个亮棚将被摄物体包围起来，然后再在亮棚的外面进行布光，使整个围帐成为一个柔和、散射、均匀的光源。使用全隔离布光最大的优点是可以避免杂乱的影纹，控制光斑和外部物体对影像的干扰。全隔离布光所用的亮棚可以用白纸或白色织物做成，用透明的支架，如有机玻璃棒或尼龙绳等加以固定。用全隔离布光时亮棚的设计布置是多样的，但有一点应明确，反光物体会像镜子一样毫不保留地将周围的一切反射回去，亮棚稍有缺陷，就会在被摄物体上显示出来。

全隔离布光摄影既有效地消除了被摄物过多的反光，又解决了周围景物映象的问题。使用全隔离布光时不同位置的光源强度应注意有所变化，否则，光线过匀会减弱被摄物的质感。全隔离布光适合拍摄金属制品，尤其是呈凹凸状或形状复杂的金属制品。

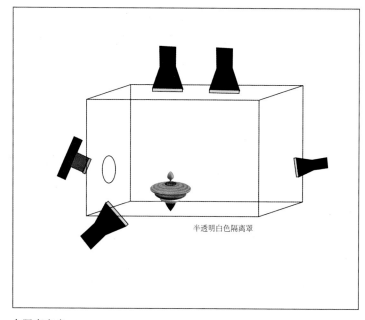

半透明白色隔离罩

全隔离布光

王彬 摄

（九）多灯大场景布光

在大型摄影棚里拍摄大件商品，难度很大。例如拍摄钢琴、汽车、机器设备、室内家具陈设等，需要的灯具多达十几种、数十只。灯虽然很多，但布光的技巧依然要有主光、辅助光、装饰光、轮廓光等。因此，要确定好各个组台灯群的用途，不可因为灯多而造成混乱。特别注意被摄体各部分以及前后景物受光量的差别，要用测光表仔细测定。

以上介绍了九种主要的布光方法，只是概括地论述了室内灯光布置的基本类型，在实际应用中应灵活应对。摄影师应发挥自身的创造力和想象力，根据拍影对象的不同情况而随机应变，使广告中的商品形象更完美地展示在消费者面前。

大型室内摄影棚

张静 摄

第四部分

广告摄影的拍摄技法与实践

一、不同质地产品的拍摄技法与实践

　　各种类别的商品都有各自的特点，是很难用同一技术和方法来处理的。只有仔细研究商品的外形、质地及用途，根据广告的创意要求，确定好拍摄器材，给出最佳的布光和构图，并在拍摄过程中进行严格的技术控制，才能取得完美的摄影效果。

　　商品摄影是广告摄影最重要的组成部分，商品摄影技法的主要目的是表现好商品的形态、质感和色彩。而质感表现是产品广告摄影中最主要的一个方面。质感表现不好，即使有形态和色彩的真实，也将失去拍摄的意义。由于不同的产品具有不同的质地和表面质感，它们的吸收光和反射光的能力也不同。因此，根据不同质感对光线不同的反映，我们把商品大致分为四大类：吸光体、半吸光体商品，反光体、半反光体商品，透明体、半透明体商品，多数情况兼有的复合型商品。我们应根据不同产品的的质感特点，探究出各类商品的典型布光和拍摄技法的共性和规律，并在此基础上举一反三，追求更加完美的视觉表现。

刘化元　摄

（一）拍摄技法

　　1.吸光体、半吸光体商品的拍摄技法。吸光体商品包括毛、呢、布料、毛线、裘皮、食品、粗陶、铸铁、橡胶等。它们的最大特点是表面结构粗糙，起伏不平，质地或软或硬，吸收光的性能强。这类物体的高光部分显示了光源的颜色；明亮部分显示了本身的颜色和光源颜色对其的影响；亮部和暗部的交界部分，最能显示其表面纹理和质感；暗部则几乎没什么显示。

　　拍摄时可用稍硬的光质照明。方向性明确，照射方位要以侧光、侧逆光为主，照射角度要低些。忌用顺光，过柔过散的顺光，尤其是顺其表面结构纹理的顺光，会弱化被摄体的质感。如果拍摄对象表面结构十分粗糙，如裘皮、铸铁、陶器等，可以

张雄 摄

用更硬的直射光（聚光灯、闪光灯、太阳光直射）直接照明。这样表面凹凸不平的质地会产生细小的投影，能够强化其质感表现。

半吸光体商品包括质地细腻的水果、纺织品、木材、亚光塑料、部分加工后的金属制品等。它们的表面结构相对平滑、细腻，用光应比粗糙表面柔、弱，宜用大面积光源来照明，照射方位要以前侧光、侧光、侧逆光为主。布光时，主光的照射角度可适当提高。要注意光源的形状，因为这类物体的高光部分能将光源的形状反映出来。

2.反光体、半反光体商品的拍摄技法。反光体商品主要有银器、不锈钢器皿、电镀制品、抛光的塑料、深

张静 摄

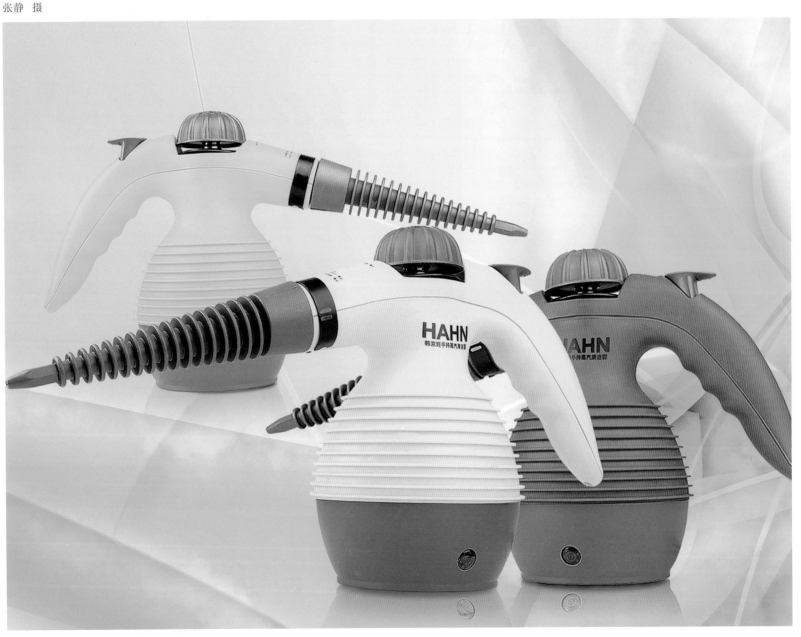

色酒瓶和搪瓷制品等。它们的最大特点是对光线有强烈的反射作用，能清晰映照物像，高光处有明显的耀斑，被摄物一般不会出现柔和的明暗过渡现象。

给反光物体布光一般采用经过散射的大面积光源。布光的关键是把握好光源的外形和照明位置，反光物体的高光部分会像镜子一样反映出光源的形状。由于反光物体容易缺少丰富的明暗层次变化，所以，可以将一些灰色或深黑色的反光板或吸光板放置在这类物体旁，让物体反射出这些色块，以增添物体的厚实感，改善表现效果。

对于形状和体积特别复杂的反光物体，布光时需要采取复杂的措施，最常用的是全隔离布光。使用全隔离布光最大的优点是可以避免杂乱的影纹，控制光斑和外部物体对影像的干扰。使用全隔离布光时，不同位置的光源强度应注意有所变化，否则，光线过匀会减弱被摄物的质感。

半反光体商品包括抛光的塑料制品，上蜡的地板、木器以及抛光皮革等。这些物体虽然不如全反光体那样表面光亮，但仍然能反射照明光和周围物体。所以，对这些物体的布光也基本遵循反光体的布光方法。反光体、半反光体的拍摄的难点在于明暗的反差和有适当面积的光斑控制。

王彬 摄

钟立华 摄

3.透明体、半透明体商品的拍摄技法。透明体商品包括玻璃、水晶、塑料等器皿以及盛放在器皿中的各种液体，如酒水饮料等。半透明体商品包括磨砂玻璃制品、有机玻璃制品、半透明塑料制品等。透明、半透明物体的最大特点是能让光线穿透其内部。

拍摄透明、半透明物体时，表现物体的透明感并不困难，不管背景是深是浅，它总会透过去；但是，对透明物体光亮感的表现，就要利用反射，使之产生强烈的"高光"反光，透明物体的形状则利用光的折射来达到预期效果。如果按常规的前侧光照明，拍摄的效果并不好，此时，大部分光线会透过物体，只有一小部分被反射，不管使用什么背景和色彩，透明物体只能隐约可见。对透明物体最好的表现手法是：在明亮的背景前，物体以黑色线条显现出来；在深暗背景前，物体以浅色线条显现出来。

"明亮背景黑线条"的布光主要是利用照亮物体背景的光线的折射效果。该方法不直接对透明物体布光，而是将光打到亮背景上。透明物体与背景保持足够的距离，背景用一两只聚光灯来照明，背景反射的光线穿过透明物体。这时透明物体整体明亮通透，而在物体的边缘由于折射形成黑色轮廓线条，线条的宽度与透明物体的厚度成正比。改变光束的强度与直径可以得到不同的效果，光束的强度越强，直径越小，画面的反差就越大。注意，如果透明体边缘的明暗线条不够深或过于细，可以在透明物体两侧后方画面之外竖直两条黑卡纸，并调节其宽度和高度来控制映入透明体边缘的暗线条的粗细与连贯性。

王彬 摄

王彬 摄

"暗背景亮线条"的布光主要是利用光线在透明物体表面的反射现象，其效果与"明亮背景黑线条"正好相反。透明物体放在距深色背景较远的位置上。其后方两侧放置竖直长条的柔光箱，顶部可垂直向下放置一柔光箱来营造透明物

体轮廓的反光。同样可以通过调整柔光箱的宽度来控制亮线条的宽窄、粗细。为加强透明物体的质感表现，还可以在透明物体一侧的前方加一个长条柔光箱或长条反光板以产生一条高光带突出其质感。"暗背景亮线条"的布光方法特别有利于美化厚实的透明物体，但这种布光手法技术上不易掌握，需要不断调试才能达

张艺腾 摄

钟立华 摄

到预期的效果。此外，在运用这种方法布光时，一定要彻底清洁透明物体，因为任何灰尘或污迹都会被显现出来。

拍摄透明物体，还应注意曝光控制。采用"明亮背景黑线条"方法时，用测光表对明亮的背景测光，然后按测得的测光数值增加一级曝光。这样既能保证背景明亮，又能保证物体轮廓线是黑色的。采用"暗背景亮线条"方法时，曝光量的确定较为复杂。此时，可测量18％标准灰板，以这个测光数值曝光，亮部会曝光过度形成白线条，而暗部也能保留适当的层次。

4.复合型商品的拍摄技法。一件商品有时会同时具有两种以上的材质特征，可分为表面质感相似型和表面质感相远型。

对于表面质感相似型物品，由于其质感肌理明度差别较小，布光时可使用与被摄物材质相应的光性照明。对于表面质感相远型物体，由于其质感反差大，且趋向两极，导致明暗反差也大，布光时应采取一些特殊的办法，尽量使质感的表现不致丧失。一般根据重点质感的表现来选择光位，并兼顾其余质感的表现，尽量使光性对大同的质感有兼顾性。如布光仍不理想，则应设计特殊的布光系统，并对各光源进行明与暗的遮挡，柔与硬的控制，重点局部用光的加减以及使用多次曝光来控制不同的曝光量等拍摄技巧。

多材质的复合型商品在拍摄布光时应尽量使光质对不同的质感有兼容性，但多数情况下首先要照顾到反光体的照明。光位的调整首先要保证重点部位的用光，要细致、准确、精雕细刻地表现好商品的质感肌理。

张静 摄

刘化元 摄

谭志强 摄

王彬 摄

（二）拍摄实践

1.拍摄要点。

（1）食品的拍摄要点。食品广告是商品广告中的一大门类。食品摄影的主要目的是很好地表现出食品的色、香、味及质感，以引起大众的食欲。

①拍摄食品要精心布光，通常不宜用直射的硬光照明，而是使用带有一定方向性的柔光。柔光的柔软程度视食品的表现情况而定。对于吸光体食品，若食品的表面较为粗糙，如切开的面包、饼干、蛋糕、带绿叶的蔬菜、各种熟肉制品等，一般应使用光性较硬的柔光；对于半吸光体食品，若食品的表面光滑，如水果、巧克力、冰淇淋、新鲜的生肉等，则要使用光性极软的柔光，并对暗部做适当补光，以免明暗反差过大；对于表面沾满油脂的食品，如烹调好的菜肴、红烧或熏烤的肉禽类，布光时要平中出奇，不能过于求实，要虚实相生，而画面主体光线要透。

②食品摄影讲究被摄体的色泽和细微的质感的表现，一般选用大、中型相机，镜头以中、长焦镜头为主。如

张雄 摄

要表现食品的某一局部或细节，有时还需用微距镜头。数码相机用低感光度来照，这样噪点少，成像比较细腻。胶片相机一般选用色饱和度较高的低速胶片，以更好地表现食品的色彩。

③食品摄影的主体是食品，但对餐具及其他陪衬物的选择亦很重要。在选择餐具时要注意餐具的形状、纹样及色调是否与食品协调。无论是中餐或西餐餐具，都应高档化、高品位，与食品相配要洁净、素雅、和谐、风格统一。画面构图应始终以食品为主，不可喧宾夺主。

④食品摄影中的一些特殊技法。某些水果用色素液体浸泡过后会更鲜艳；大部分水果涂上油，然后用干布打磨，会使质感更加诱人，如再喷洒水雾，就会使水果产生鲜美晶莹的效果；在啤酒里放微量精盐会产生美观的泡沫；为使玻璃壁易于黏附水珠，可在瓶壁上涂上一层极薄的鞋油；若非拍摄特写，用土豆泥染色代替冰淇淋可免除真品易迅速融化之忧；用碱水泡洗蔬菜可使其更显鲜绿；拍摄切开的苹果，可在盐水或柠檬水中浸泡一下，以防止时间一长而变色；在拍摄炸肉和香肠时，涂上油有新鲜感；拍摄热咖啡冒出的热气，先在咖啡中加入少量的醋酸，然后滴几滴氨水，能产生烟雾。

王彬 摄

左明刚 摄

钟立华 摄

肖沛芳 摄

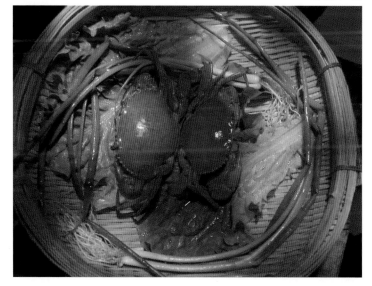

肖沛芳 摄

张静 摄

面；二是采用模特佩戴手表和首饰，以模特做陪衬来突出手表和首饰。

采用手表和首饰单独构成画面的手法拍摄时，首先要将手表或首饰摆放好。首饰通常很细小，摆放不容易。对于细小的首饰，一般是先将一枚细针用胶粘在首饰上，然后再将针固定在拍摄台面上，但在拍摄时要看不出粘接和针的痕迹。由于首饰的种类、质地繁杂，因此，很难有一定的布光规则。一般情况下，对金银首饰多用柔光照明，对多面的宝石则用直射光布光。布光时应注意首饰的质感能否得到很好的表现，首饰的每个面、每条棱线是否达到理想的明度等，若不够理想，要耐心地进行调整，直至有了完美的效果。

采用模特佩戴手表和首饰的手法拍摄时，模特的造型、气质要与手表和首饰的设计特点有一种艺术结构的整体关照，否则，很难与手表或首饰相映成趣。用这种方法拍摄，一般在构图的

（2）手表和首饰拍摄要点。手表和首饰是常见的日用品和装饰品。它们较为小巧，而且式样和种类较多，材质精美多样，造型别致，有光有色，拍摄时需要摄影师有非常专业的摄影技术和技巧。

①由于手表和首饰通常较小，拍摄时要做近距摄影。因此，使用的器材应从近距摄影的角度来考虑。照相机以机背取景式的大片幅照相机为佳，因为它的蛇腹能做较大幅度的伸缩，给近距摄影带来许多方便。镜头一般选用中、长焦镜头和微距镜头。使用中、长焦镜头时，镜头与被摄体的最近对焦距离可稍大，布光较为方便。但如果对拍摄画面的质量要求非常高，则应选用微距镜头。

②拍摄手表和首饰通常采用两种手法：一是将手表和首饰作为主体，单独构成画

景别上采用特写或大特写，在用光上一般采取控制光域，使手表或首饰区域光照稍亮，而手表或首饰以外的区域光照稍暗，以形成手表或首饰与模特间的影调明暗对比，尽可能地突出手表或首饰。

③拍摄首饰除主光源照明外，还常用小反光板做补光。对金银首饰补光需用各种小反光板，包括金银两色。对宝石补光，要打出各个面的亮度，不同棱边的高光，则不仅要使用反光板，还可以使用反光镜和凹面镜，它们可反射或聚集起富有层次的光，使各棱边产生清晰的光亮。

④运用一些小特技，如使用星光滤镜产生耀眼的光芒，活化画面；用多次曝光增强动感和神秘感，都会使首饰更加熠熠生辉。如拍摄透明的宝石，可在黑色或有色而不透光的卡纸上挖一个比宝石略小的孔，放上宝石后，在卡纸的底面投光，宝石会发出冰清玉洁的光泽。首饰都很细小，拍摄时要延伸相机的蛇腹，因此，画面景深很小。在布光时一定要加大光的强度，以尽可能保持较大的景深。

⑤如果使用大片幅照相机对手表和首饰进行近距摄影，由于蛇腹过分延伸，在拍摄时一般要进行适当的曝光补偿。

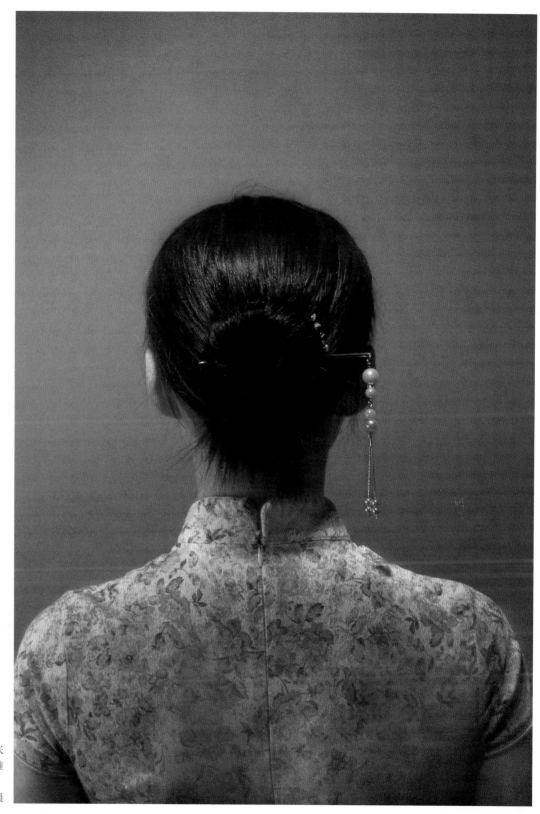

张雄 摄

邝卫国 摄

冷倩 摄

（3）皮革制品拍摄要点。

①皮革制品像工艺品一样，加工精雕细刻。拍摄一定要表现出其剪裁讲究、缝线精致、造型美观、质感真实的特点。

②皮革制品主要是使用散射光照明的布光方式，用少量的直射光做辅助光。少量的直射光会在被摄体适当的位置产生反光，增强质感，勾勒轮廓。应尽量消除直射光产生的投影。

③对深色、黑色质地的皮革制品的拍摄，应使用散射的、适当弱一些的、较大面积的软光照明，并在曝光中进行适当补偿。

王彬 摄

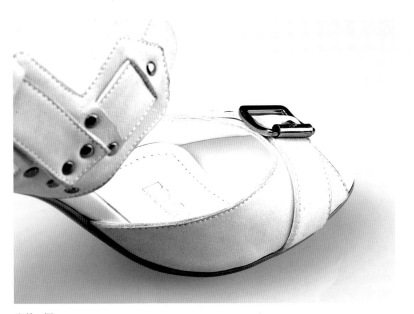

张静 摄

王彬 摄

钟立华 摄

孔黎 摄

（4）瓷器拍摄要点。

①瓷器和其他表面光滑的物体一样，会产生反光耀斑。既要利用这种光斑来表现光滑物体，也要防止光斑过多或位置不当而破坏画面效果。一般一个立体面只能有一个或一条光斑。

②在用光上，一般不宜采用直射光照明，否则易产生刺眼的反光点；可采用一只柔和的散射灯光来照明。然后再根据造型的特点，尤其是曲线变化，适当地使用反光板来控制明暗反差。

③要消除瓷器上多余的反光，一是可以加用偏振镜；二是可以用"全隔离布光"；三是可以在灯泡前加用一层硫酸纸，使光线柔和，也可用白纸做反光板，将灯光打在反光板上，利用反光拍摄；四是可以将喷雾剂或软皂涂在亮斑上。

④背景应尽量简洁，且与瓷器的色调不能太接近，也不宜太浓艳。

涂瑾贞 摄

杨新 摄

周文 摄

（5）玻璃器皿拍摄要点。

①玻璃器皿的特点是全透明，表面容易反光，而且还会反射出明亮的耀光，故一般不采用直接照明，而采用间接照明。可先将灯光照射到明亮的反光面上，再由反光面反射到被摄物体上。也可以用另一种照明法，即把玻璃器皿放在一个平面背景面前，以灯光照射背景，然后再以背景柔和的反射光作为照亮玻璃器皿的唯一光源。在这种光线条件下，玻璃器皿便没有反光，深暗的轮廓线条可以表现出它透明的质感。

②背景可以任意选择明亮的或深暗的。根据背景的明暗来选择"明亮背景黑线条"的布光或"暗背景亮线条"的布光方法。不宜用中间色作为背景。

③拍摄时，不要使照相机的影子反映在玻璃器皿上。防止出现该现象的方法是，可以选一块50cm见方的黑纸，中间挖一个镜头大小的圆洞，把此纸套在相机镜头前拍摄，便可以消除影子。

④做好玻璃器皿的清洁工作，任何灰尘、指纹和污垢在画面上都会被清晰地显现出来。

肖雄 摄

王彬 摄

2.学生示范作品。

指导老师： 张雄 王彬

聂勇 摄

郗彩莲 摄

李婷 摄

白洁 摄

黄丹 摄

姜天辉 摄

罗梅樱 摄

徐 鸿 博 摄

王兆扩 摄

王丽芳 摄

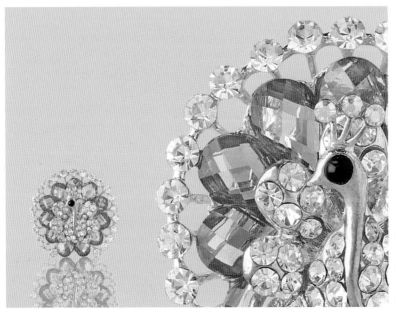

张 艺 腾 摄

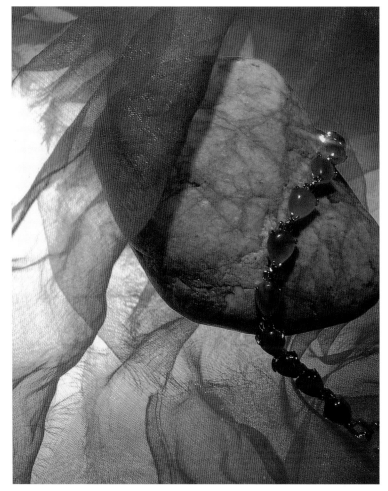

施燕 摄

鲁蕾 摄

徐鸿博 摄

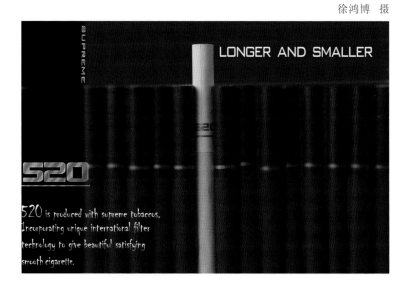

赵艳 摄

李颖芳 摄

文乐 摄

张倩茹 摄

王欢欢 摄

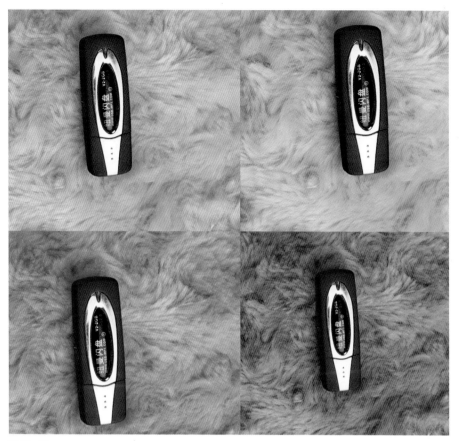

谭琴 摄

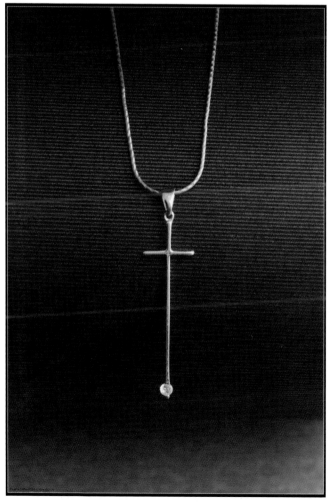

孔黎 摄

叶亚萍 摄

张艺腾 摄

张静 摄

二、广告人像摄影的拍摄技法与实践

广告摄影所涉及人像摄影范围很广，有为广告宣传和出版物的需要而进行的时装摄影、时尚摄影和以人带物的广告摄影等，有为个别顾客服务的肖像摄影、婚纱摄影等。

（一）拍摄技法

1.注意人物造型特征和环境的统一和谐。

2.人物神态的抓取很重要。神态主要是指表情。普通人像摄影中常见的可能是各种笑容，而当今的时装摄影中流行的是一种"酷"美，具体表现为严肃、冷漠、沉思和忧郁。

3.身体的姿态在表达思想感情上也有其独特的方式。

不同的姿态反映出人不同的道德修养、社会地位、风度气质和个性特征。摄影者需要多加观察，方能在拍摄中得心应手。

4.选择合适的模特与服饰。根据广告创意构思，画面的风格、特点来选择模特与服饰。在时装摄影中，好的模特不仅能够将时装的风格、特点表现得完美、自然，而且还能依据自己的艺术素质以及对时装设计思想和拍摄者要求的理解，在相机前进行二次加工与创作。在以形体的特定部位为中心的广告中，摄影师还必须特别注意模特的某些面部或体形特征，如头发、眼睛、耳朵、鼻子、手、指甲、脚、颈部和臀部等。

5.化妆是广告摄影中必需的步骤，它也是获取模特美貌的重要环节。化妆的类型除了同模特的气质、容貌和服装的风格有关外，还与布光方法有关。通常的高角度正面软光，具有良好的漫射特性，大多数的化妆技巧都与之适宜。但较硬、漫射较少的布光需要较平滑和柔和的化妆。完全的正面光平板而强烈，因此可采用浓而对比大的化妆。如果使用黑白胶卷，就要避免红色，因为红色在黑白影像中会变成黑色。此时，最好的代替品是棕色。

6.人像摄影的对象是千变万化的，有的拍摄对象形象完美，而有的拍摄对象却存在这样或那样的缺陷。作为摄影师，不仅要将被摄者拍得神似，而且还要对被摄者的外形做适度美化。

7.在设计创意时，应大胆使用新颖的，甚至前人所不曾使用的动作和别致的构图形式，使广告充满新奇性。老旧的俗套尽可能少使用。

8.使用自动对焦相机有助于快速准确把握现场气氛和人物神情。

9.进行人物摄影时需配备一只28mm～85mm或28mm～135mm的变焦镜头。由于变焦镜头可起到若干只不同焦距的定焦镜头的作用，拍摄者可不改变拍摄距离，在较大范围内自由调节画面的成像比例，使用简单，携带方便，因此受

王彬 摄

张雄 摄

到摄影者的喜爱。但需要说明的是，在制作大画幅照片时，变焦镜头的解像力略逊于定焦镜头。

（二）拍摄实践

1.室内广告人像拍摄要点。

（1）摄影棚要足够大，这样便于布光和使用中、长焦镜头。为了能快速抓取模特的动作和神态，光源一般采用电子闪光灯。

（2）室内拍摄影室光源可控性大，应根据主题表达的需要使用不同的布光方法。通常情况下，以软光作为主光。主光要有足够的亮度和光照面积；主光的光位一般要高于模特，这样光效才自然；另外，主光要与模特保持一定的距离，否则，容易引起模特光照不匀。辅光一般也采用软光。辅光除了要改善暗部层次外，还要配合主光完善被摄体的造型。轮廓光要谨慎使用，只有在深色背景的情况下才使用；如果是浅色背景，使用轮廓光反而会引起被摄体轮廓晕化。布光时，还不能忘记给模特布上眼神光，这会使模特显得炯炯有神和更加动人。

（3）室内人像摄影相机的选择余地较大。根据拍摄需要，可选择大片幅的机背取景相机，也可选择中片幅的120相机或小片幅的135相机。一般来说，120相机对照片质量和拍摄时的灵活性有较好的兼顾。若选择6×6片幅的120相机，应配以焦距为80mm、150mm或250mm的常用镜头；若选择135相机，则最好配以焦距范围在80mm～200mm的镜头。80mm～135mm的镜头适合齐肩人像的拍摄，200mm的镜头则便于拍摄脸部特写。人像摄影中，长焦镜头的压缩效果可以使长脸或长鼻子的模特变得比原来更漂亮。

王彬 摄

张静 摄

周文 摄

2.室外广告人像拍摄要点。

（1）根据拍摄主题的需要灵活运用光线。室外自然光是丰富多变的。摄影师可根据不同光线的造型特征调配被摄对象和环境，使光线气氛与人物情绪、画面气氛紧密结合。对于被摄对象而言，自然光的照明没有影室灯光的紧迫感，就像在生活中一样自在、轻松。一般情况下，要充分利用早晨或傍晚时的阳光拍摄，此时的光线最柔和，色彩也最丰富。中午的阳光一般不能用于拍摄，因为模特在顶光的照明下，眼窝、鼻梁下会产生浓重的投影，形象不佳。

（2）由于室外自然光不及摄影棚内人造光变化多，因此，在室外拍摄时要带上一两只闪光灯和大型反光板等辅助工具，以便在需要时用以调节光效。

（3）室外摄影的照相机一般以120和135照相机为主。如果拍摄的照片不做高倍率放大，使用135照相机会显得更加灵便。镜头一般选用中、长焦镜头，这样有利于模特形象的突出和背景的虚化。在室外和某些个性时装摄影中，有时也会采用广角镜头，以产生新颖、独特的视觉效果。

（4）大光孔镜头能便于提高快门速度和控制景深。

王彬 摄

张静 摄

张静 摄

happigo

sh dio,nui nydpapou ios
dfupu ig shoiuf [pfsf
jisudskl osdhfsfsiy dfi dfsigp psisdif [dfgii jdspug
gigpsu
gjdpf[j[pispm
fjg;jpsaa.......

刘化元 摄

施慧 摄

王彬 摄

周文 摄

三、建筑摄影的拍摄技法与实践

建筑摄影是一个具有广泛拍摄对象的领域，它包括体现现代科技发展水平的高楼大厦、广场桥梁，也包括具有传统风格的宗教建筑、城堡别墅、桥和水坝，当然还包括室内设计装饰等等。建筑摄影主要是为了展示建筑物的规模、外形结构以及局部特征等。其拍摄的特点是，被摄对象稳定不动，容许长时间曝光。另外，还可自由地选择拍摄角度、拍摄时间等客观因素，运用多种摄影手段来表现对象。

建筑摄影的主要目的和功能是把建筑师精心设计的三维空间的建筑物，用二维空间的照片完美地表现出来，而且不失原设计的神韵。在当今社会，建筑师、业主、出版界和学术界等都愿意花巨额经费以获得质量优良的建筑摄影照片，因此，建筑摄影的实用价值比艺术价值更高。

（一）拍摄技法

建筑摄影对影像的质量要求很高，所以应尽量使用高品质的照相器材。照相机最好选用机背取景式的大片幅照相机。它既能保证影像的整体质量，又能很好地对透视、景深和形变进行控制。若没有大片幅照相机，也可采用中片幅照相机配合移位镜头(PC 镜头)来使用，但这样对透视和形变的校正能力会变差。建筑摄影镜头的使用范围较广，广角、标准和远摄镜头都有可能用到，但一般情况下，使用广角镜头较多，它可以强调透视或某处结构。

无论使用大片幅照相机还是中、小片幅照相机，照相机都必须保持水平；任何情况之下，必须使用小光圈、大型三脚架和快线，以提高影像的清晰度与品质。

注意运用好线条。线条在建筑摄影中占有重要地位，对交代建筑物的透视、气势、节奏等均有不可低估的作用。

在建筑摄影中，光是至关重要的。对光的选择决定了建筑物线条的提炼、影调的配置和立体感的构成。拍摄建筑物，不可避免地要在实地进行，把握建筑物的最佳光照效果很重要。要有耐性，同一地点要经多次拍摄，然后才能选得最好的一张作品，因为好作品是由时间堆砌而成的。

不要墨守成规，要有意识地打破常规，采用灵活多样、富有创新精神的方法来处理画面。特别是在画面构图上，一定要反复推敲，精心构思。拍摄时可以尝试将完整建筑结构的一部分从与之相连的其他部分中分离出来，以制造出一种抽象的、简洁的画面。

张静 摄

邝卫国 摄

（二）拍摄实践

1.建筑外景拍摄要点。

（1）建筑外景的拍摄绝大部分是利用自然光照明，应充分把握好最佳拍摄时间。一般情况下，在建筑物正面成45°角照射的阳光是拍摄建筑物的最佳光线。正面光会使建筑缺乏立体感；背面光会使建筑物影调过于深沉昏暗，无法表现细节。如果没有阳光照射，建筑物也会显得平淡而无生气。在白天光线都不理想的情况下，也可考虑拍摄建筑物夜景。有时，建筑物夜景会有意想不到的奇特效果。

（2）运用特定季节或气候条件的光线和色彩来营造一种相应的情调。日光的变化能迅速改变建筑物的外貌和色彩气氛，因此，认真选择不同季节、不同时间段的日光照射，就可以使拍出的画面创造出一种特殊的气氛来。

（3）建筑物的视点选择会影响到建筑物的走向、群体比例和阳光照射效果等在照片上的表现。对视点的选择，既要考虑建筑群体的整体性，又要考虑突出主要建筑物。在视点高低的选择上，视点高，透视深远，能较好地交代建筑物与环境之间的关系；视点低，建筑物则显得宏伟高大。

（4）运用好前景和背景。前景和背景对强调、突出主体以及主体环境大有帮助。

（5）进行黑白摄影时，常用橙色或红色滤光镜，以改善天空的层次与影调；进行彩色摄影时，常用偏振

周文 摄

王彬 摄

镜来加深天空的色彩。

2.建筑内景拍摄要点。

（1）在拍摄建筑物的内景时，若现场光线过暗，可使用三脚架进行长时间曝光，也可带上一两只闪光灯和大型反光板等辅助工具，以在需要时用来调节光效。

（2）室内外光线反差过大时，可尝试使用多次曝光等拍摄技巧。

（3）构图上应充分体现简洁和有次序。拍摄的画面主体突出，尽量减少其他物品的数量，越少越好。

（4）室内使用灯光照明拍摄时，应注意色温的问题。使用胶片相机的要改用灯光型胶卷；使用数码相机的应调节白平衡功能。

张静 摄

刘化元 摄

王彬 摄

钟立华 摄

第五部分

广告摄影创意与表现方法

一、广告摄影创意

（一）广告摄影创意的概念

"没有创意，就没有摄影。"美国著名摄影家阿诺德·纽曼曾经这样说。

创意，在英文中叫creation，这是广告活动的专用词语，其含义是"具有创意性的意念或主意"，简称"创意"。广告摄影创意是指将广告对象视觉化的阶段，是实现广告策划中广告摄影主题图像化的"金点子"。

广告摄影创意是广告摄影制作的核心，是决定如何通过构思、创新、视觉化、艺术化、形象化来具体表现对象的过程。广告摄影创意的好坏，不仅是表现艺术的问题，还有整体广告策划、定位是否准确，有没有达到广告的预定目标的问题。广告摄影是在此基础上的再创作、延续的过程，是关系到整个广告计划成败的关键环节。

张雄 摄

（二）广告摄影创意的基础

1.广告摄影创意的基础就是有关产品、市场和消费者等多方面实际情况的知识。一个成功的广告摄影创意的基础，就是创意者首先必须清楚地、彻底地了解产品、认识产品，弄清楚该产品的生产是投入期、成长期还是成熟期；与同类产品相比有什么个性和优势；企业品牌的社会认知度如何。这一系列问题便是产生创意的首要基础。

2.充分认识了广告的商品特征之后，就要进一步考虑如何使其在市场中占有一席之地。这可以从三方面的定位去考虑：

（1）在生活中的定位。如何才能做到容易使用，方便使用等等，找出商品与人之间的密切关系，可促使新颖的摄影广告产生。

（2）在市场中的定位。与其进他同类产品有何不同？有哪些优点？市场占有率如何？用户反映如何？市场划分情况如何？各个广告的侧重点是不同的。

（3）在社会中的定位。产品究竟在社会上起什么作用？对自然环境、人类健康、公益事业安全性等方面，它意味着什么？有什么贡献？

3.广告摄影在创意上对目标对象的确定不同，在广告摄影设计

happigo
sh dio,nui nydpapou ios
dfupu ig shoiuf [pfsf
jisudskl osdhfsfsiy dfi dfsigp psisdif [dfgii jdspug
gigpsu
gjdpf[i[pispm
fjg;jpsaa.......

张静 摄

的视觉表现手段上也应有所不同。这主要是不同消费对象的不同审美视觉要求所决定的。具体归纳起来有三点：

（1）向谁诉求。明确设定"向谁诉求"，是男性还是女性？是学生还是上班族？是老年人还是中青年？经济收入的情况如何？这是因为，即使是同一产品、商品，它所拥有的特性，及其所带来的价值和方便性，会因为作为目标对象的消费者的不同，而各有所异。因为不同的目标对象有不同的生活习惯和生活方式。

（2）诉求什么。目标对象确定后就是"诉求什么"的问题。是商品的外形设计还是高科技？抑或是轻便度、新颖功能？必须深刻地充分了解使用该商品的消费者的现状，并仔细考虑商品会给他们带来什么，然后思索如何视觉化的问题，用最

王彬 摄

有效的视觉艺术效果向消费者表达该商品的特殊性。

（3）如何诉求。重点突出商品新颖功能或方便性、后期服务方面等，考虑现代人对生活的需求。巧妙地组合这些构成要素，便可以进一步改善广告摄影创意构思效果。

（三）广告摄影创意的方法

创造就是产生新的东西。创造的核心是创意，而创意又是如何创造出来的呢？詹姆斯·W·杨格说："创意，说穿了不过是将原来存在的要素重新加以排列而已。"他又说："将事物重新排列组合的能力"，可以经由"找出事物关联性的才能"而提高。

如何发现被摄体更加有用的信息来传递图像效果，这里介绍几种常用的进行创作构思的方法。

1.要从不同的角度观察表现对象。

2.要从相反的面来观察表现对象，从逆向方式来思考。

3.要考虑其本质的特性和个性，它给消费者最大的益处是什么。

4.要考虑表现对象与其他事物有何关联，相比较后会有什么结果。

5.要考虑将表现对象与其他事物组合、分解之后会有什么结果。

6.要考虑把一个构思通过联想加以延伸和发展，甚至必要的改良之后，将会是什么效果。

不论是新产品，还是老产品，都有一个在表现上重新认识、重新塑造的过程。要沿着广告目标，把自己思索过的想要传达的内容，用强烈、独特、能给人留下深刻印象，又非常生活化的方式加以概括表现。

总之，不要拘泥于现成的框架和概念，要自由地去发掘想象，然后从多项构想中选择最符合表现对象内容，最具独创性而又有冲击力的视觉效果。

张传旺 摄

二、广告摄影表现方法

广告摄影的内容与形式永远是广告摄影视觉创意不可缺少的两个有机组成部分，它们相互依存。没有内容，广告摄影作品便没有灵魂；没有形式，广告摄影作品就没有赖以生存的躯体。为了更好地传递视觉创意的信息，引起人们的关注并使其产生感情上的愉悦感，激发其兴趣和欲望，广告摄影应注重对形式美的追求，以极富形式魅力的视觉美感表达创意主题。

（一）直接展示法

这是一种最常见的表现手法。它将产品或主题直接、如实地展示在广告画面上，充分运用摄影的写实表现能力，真实、精细地反映产品的外观造型、质感、形态和功能用途，将产品精美的质地引人入胜地呈现出来，给人以逼真的现实感，使消费者对所宣传的产品产生一种亲切感和信任感。它的特点是使人一目了然，毫无曲折、含糊、隐晦之意，直达目的，常用于产品样本、商品的外包装、家具、电器、五金、汽车等商品的介绍。

这种手法由于是直接将产品推到消费者面前，所以要十分注意画面上产品的组合和展示角度，应着力突出产品的品牌和产品本身最容易打动人心的部位。在摄影技巧方面，力求考究的用光、细腻的质感表现和色彩的真实感与丰富变化，将产品置于一个具有感染力的空间，这样才能增强广告画面的视觉冲击力。

刘化元 摄

左明刚 摄

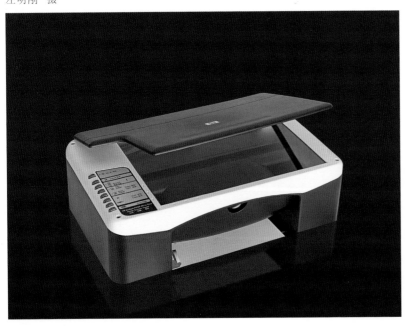

李若静 摄

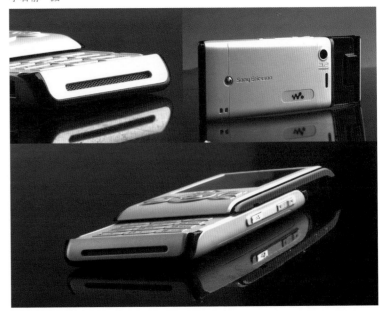

张雄 摄

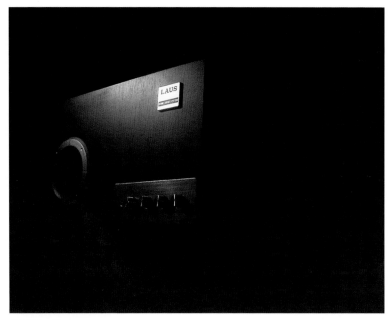

邝卫国 摄

钟立华 摄

（二）特征表现法

特征表现法就是鲜明地表现产品固有的特征，强调其与众不同的特点，并运用恰当的构图手段将特征烘托出来，使消费者在接触画面的瞬间即感受到新颖和趣味，对其产生购买欲望。在广告摄影表现中，这些应着力加以突出和渲染的特征，一般由富于个性的产品形象、与众不同的特殊功能、厂商的企业标志和产品的商标等要素决定。

特征表现的手法也是我们常见的运用得十分普遍的表现手法，是突出广告主题的重要手法之一，有着不可忽视的表现价值。

（三）对比衬托法

对比是对立冲突的艺术美中最突出的表现手法。它把作品中所描绘的事物的性质和待点放在鲜明的对照和直接对比中来表现，借彼显此，互比互衬，在对比所呈现的差别中，达到集中、简洁、曲折变化的表现效果。运用这种手法能更鲜明地强调或揭示产品的性能和特点，给消费者以深刻的视觉感受。

作为一种常用的行之有效的表现手法，可以说，一切艺术都受惠于对比表现手法。对比表现手法的运用，不仅加强了广告的表现力度，而且使其饱含情趣，增强了广告作品的感染力。

刘海刚 摄

谭琴 摄

（四）以小见大法

在广告摄影创意中对立体形象进行强调、取舍、浓缩，以独到的想象抓住一点或一个局部加以集中描写或延伸放大，以更充分地表达主题思想。这种艺术处理以一点观全面，以小见大，从不全到全，给设计者带来了很大的灵活性和无限的表现力，同时为接受者提供了广阔的想象空间，使其获得生动的情趣和丰富的联想。

以小见大中的"小"，是广告画面描写的焦点和视觉兴趣中心。它既是广告创意的浓缩和生发，也是设计者匠心独具的安排，因而它已不是一般意义的"小"，而是小中寓大、以小胜大的高度提炼的产物，是简洁的刻意追求。

黄丹 摄

黄丹 摄

张静 摄

（五）合理夸张法

合理夸张法即借助想象，对广告作品中所宣传的对象的品质或特性的某个方面运用超现实的语言方式来进行相当明显的夸大，以加深或扩大消费者对这些特征的认识。文学家高尔基指出："夸张是创作的基本原则。"通过这种手法能更鲜明地强调或揭示事物的实质，加强作品的艺术效果。

夸张是在一般中求新奇变化，通过虚构把对象的特点和个性中美的方面进行夸大，赋予人们一种新奇与变化的情趣。按其表现的特征，夸张可以分为形态夸张和神情夸张两种类型，前者为表象性的处理；后者则为含蓄性的情态处理。运用夸张手法，能为广告的艺术美注入浓郁的感情色彩，使产品的特征性鲜明、突出、动人。

当然，夸张必须以生活为基础，应抓住和突出产品的本质特征，而不能一味追求离奇怪诞的夸张效果。创作者应掌握好分寸，做到夸张而不诡异，才能产生新奇、隽永的动人魅力。

刘化元 摄

牛仔裤广告

王彬 摄

（六）运用联想法

联想的运用，就是表现一种物象的同时，使人们的心里产生联想，这种联想可能是形态的，也可能是情感的。联想的运用是合乎人们审美规律的心理现象。在审美的过程中通过激发丰富的联想，扩大了艺术形象的容量，加深了画面的意境。人们在审视广告摄影作品时使联想得到了扩展，引发了共鸣，其感情总是激烈的、丰富的。

王彬 摄

张静 摄

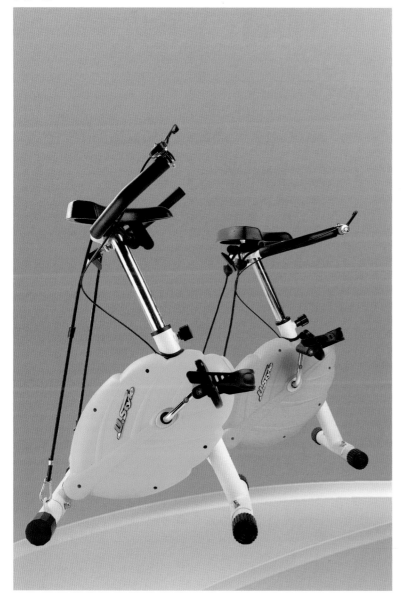

张艺腾 摄

文乐 摄

（七）富于幽默法

幽默法是指广告作品，抓住生活现象中局部性的东西，通过人们的性格、外貌和举止的某些可笑的特征表现出来，巧妙地再现喜剧性特征。幽默的表现手法，往往运用饶有风趣的情节、巧妙的安排，把某种需要肯定的事物，无限延伸到漫画的程度，造成一种充满情趣，引人发笑而又耐人寻味的幽默意境。幽默的矛盾、冲突可以达到出乎意料，又在情理之中的艺术效果。

富于幽默法既要给予受众一种趣味，又要实现其功能。这种功能就是表现产品的主题，表现是有意的，接受却是趣味性的。

手表广告

啤酒广告

食品广告

（八）借用比喻法

比喻法是指选择两个在本质上各不相同，而在某些方面又有些相似性的事物，"以此物喻彼物"，以此来提高产品的宣传目的，而又达到了视觉效果。比喻的事物与主题没有直接的关系，但是在某一点上与主题的某些特征有相似之处，因而可以借题发挥，进行延伸转化，获得"婉转曲达"的艺术效果。

与其他表现手法相比，比喻手法比较含蓄隐伏，有时难以一目了然，但一旦领会其意，便能给人以意味无尽的感受。

哈雷摩托广告

张雄 摄

（九）以情托物法

艺术有传达感情的特征，"感人心者，莫先于情"这句话已表明了感情因素在艺术创造中的作用。在广告摄影中把情感灌注于产品中，赋予产品新的感染力，是艺术表现的一种形式。这种表现形式是通过人们在审视摄影作品主题时与对象不断交流感情，使其产生心理共鸣。如何选择具有感情倾向的内容，以美好的感情来烘托主题，真实而生动地以情动人，创造具有艺术感染力的意境与情趣，这也是现代摄影师综合素质的体现。

服饰广告

服装品牌广告

首饰广告

（十）悬念安排法

悬念安排法就是在表现手法上故弄玄虚，布下疑阵，留下疑惑，使人们对摄影作品产生一种好奇、猜测的心理状态，引起人的好奇心与本能，抓住人们进一步探明摄影作品意义的强烈愿望，然后通过广告标题或正文把广告的主题引出来，解除悬念，满足受众的愿望，同时给人留下难忘的心理印象。

悬念手法首先是以深刻的矛盾、冲突吸引观众的兴趣和注意力，其创作能产生引人入胜的视觉艺术效果。

杂志广告

张雄 摄

（十一）选择偶像法

在现实生活中，人们心里都有自己崇拜、仰慕或效仿的对象，而且有一种想尽可能地向他靠近的心理欲求，从而获得心理上的满足。由于名人偶像有很强的心理感召力，故借助名人偶像的陪衬，可以大大提高产品的印象程度与销售地位，树立名牌的可信度，产生不可言喻的说服力，诱发消费者对广告中名人偶像所赞誉的产品的注意与兴趣，激发起购买欲望。偶像的选择可以是柔美风流的超级女明星，气质不凡、举世闻名的男明星；也可以是驰名世界体坛的男女高手，还可以选择政界要人、社会名流、艺术大师等。偶像的选择要与广告的产品在品格上相吻合，不然会给人牵强附会之感，使人在心理上产生拒绝感，这样就不能达到预期的目的。

鞋类广告

屈博 摄

鞋类广告

（十二）神奇迷幻法

　　神奇迷幻法即运用畸形的夸张，以无限丰富的想象构织出神话或童话般的画面，在一种奇幻的情景中再现现实，造成与现实生活的某种距离。这种充满浓郁浪漫主义，写意多于写实的表现手法，以突然出现的神奇的视觉感受，给人一种特殊的形式美，富有感染力，并在幻想的美感中传递了产品的信息，展现了产品的功能，满足了人们的审美情趣。

　　摄影师在利用这种表现手法时，要以物象为主题展开艺术想象，让想象性、合理性和统一性完美地结合。想象性是指展开想象的空间，合理性就是要切入物象主题并符合艺术规律，统一性就是把想象、形象、艺术有机地结合。

食品广告

伏特加酒广告

饮料广告

（十三）连续系列法

连续系列法就是通过连续画面，形成一个完整的视觉印象，使通过画面和文字传达的广告信息十分清晰、突出、有力，从而使物象能快速地进入人们的视觉记忆。

摄影本身具有生动的直观画面，连续性不断推出，能加速人们对物象的认识，获得好的宣传效果，对扩大销售、树立名牌、刺激购买欲、增强竞争力有很大的作用。

从视觉心理来说，人们厌倦单调划一的形式，追求多样变化。连续系列的表现手法符合"寓多样于统一之中"这一形式美的基本法则，使人们于"同"中见"异"，于统一中求变化，形成既多样又统一，既对比又和谐的艺术效果，加强了艺术感染力。

对摄影师来说，全面的、系列的广告摄影创意是个不小的考验。连续画面是在保证同一主题的情况而展开设计的，都是一个形象的连续，且具有艺术感染力。各个画面设计虽有不同侧重点，但又必须保持统一性，这样才能事半功倍，否则适得其反。

服装广告

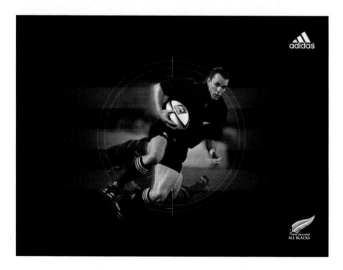

（十四）动与静展现法

动与静的对比是强烈的。动与静的展现要视物象的属性而定，用产生动感的背景展示静止的物象，或用静止的背景展示动感物象，这两种方式都能给人留下深刻印象。这类手法在体育产品摄影中是常用的手段，动感照片的实际拍摄需要有一定的技巧，除了实际拍摄外，还可用计算机数字制作。

张雄 摄

王彬 摄

图书在版编目（CIP）数据

现代广告摄影 / 张雄主编. – 长沙：湖南人民出版社，2009.10
（21世纪高等学校美术与设计专业规划教材 / 蒋烨，刘永健主编）
ISBN 978-7-5438-5995-1

Ⅰ.现... Ⅱ.张... Ⅲ.广告 – 摄影 – 高等学校 – 教材　Ⅳ.J412.9

中国版本图书馆CIP数据核字(2009)第166904号

现代广告摄影

出　版　人：李建国
总　策　划：龙仕林　蒋　烨　刘永健
丛 书 主 编：蒋　烨　刘永健
本 册 主 编：张　雄
本册副主编：王　彬　邝卫国
责 任 编 辑：龙仕林　文志雄　杨丁丁　黎红霞
编辑部电话：0731-82683328　82683361
装 帧 设 计：蒋　烨

出 版 发 行：湖南人民出版社
网　　　址：http://www.hnppp.com
地　　　址：长沙市营盘东路3号
邮　　　编：410005
营 销 电 话：0731-82226732
经　　　销：湖南省新华书店
印　　　刷：湖南新华精品印务有限公司

印　　　次：2009年10月第1版第1次印刷
开　　　本：787×1092　1/12
印　　　张：10
字　　　数：250 000
印　　　数：1-3 500

书　　　号：ISBN 978-7-5438-5995-1
定　　　价：58.00元